Devil Game Devil Game Devil Ga

Devil Game Devil Game Devil Game
Devil Game Devil Game Devil Ga
Devil Game Devil Game Devil Game
Devil Game Devil Game Devil Ga
Devil Game Devil Game Devil Game
Devil Game Devil Game Devil Ga
Devil Game Devil Game Devil Game
Devil Game Devil Game Devil Ga
Devil Game Devil Game Devil Game
Devil Game Devil Game Devil Ga
Devil Game Devil Game Devil Game
Devil Game Devil Game Devil Ga
Devil Game Devil Game Devil Game
Devil Game Devil Game Devil Ga

Devil Game Devil Game Devil Game
vil Game Devil Game Devil Game
Devil Game Devil Game Devil Game
vil Game Devil Game Devil Game
Devil Game Devil Game Devil Game
vil Game Devil Game Devil Game
Devil Game Devil Game Devil Game
vil Game Devil Game Devil Game
Devil Game Devil Game Devil Game
vil Game Devil Game Devil Game
Devil Game Devil Game Devil Game
vil Game Devil Game Devil Game
Devil Game Devil Game Devil Game
vil Game Devil Game Devil Game
Devil Game Devil Game Devil Game

負債魔王

Devil Game

C o n t e n t

要跟我進行一場……
賭博？(Devil Game)
哼哼哼哈哈……好狂妄的惡魔，
居然敢跟人類談條件？
反正你的火砲義肢已經毀了，
形同於老命懸在我手上……
第1話 死亡棋局
Death Match

咻
注意說話的口氣……
女人！
這些改造過的魔族親衛兵，被調教得不錯呢！
一感受到殺氣馬上就會挺身而出。
不過認不清真正主人到底是誰的魔族……

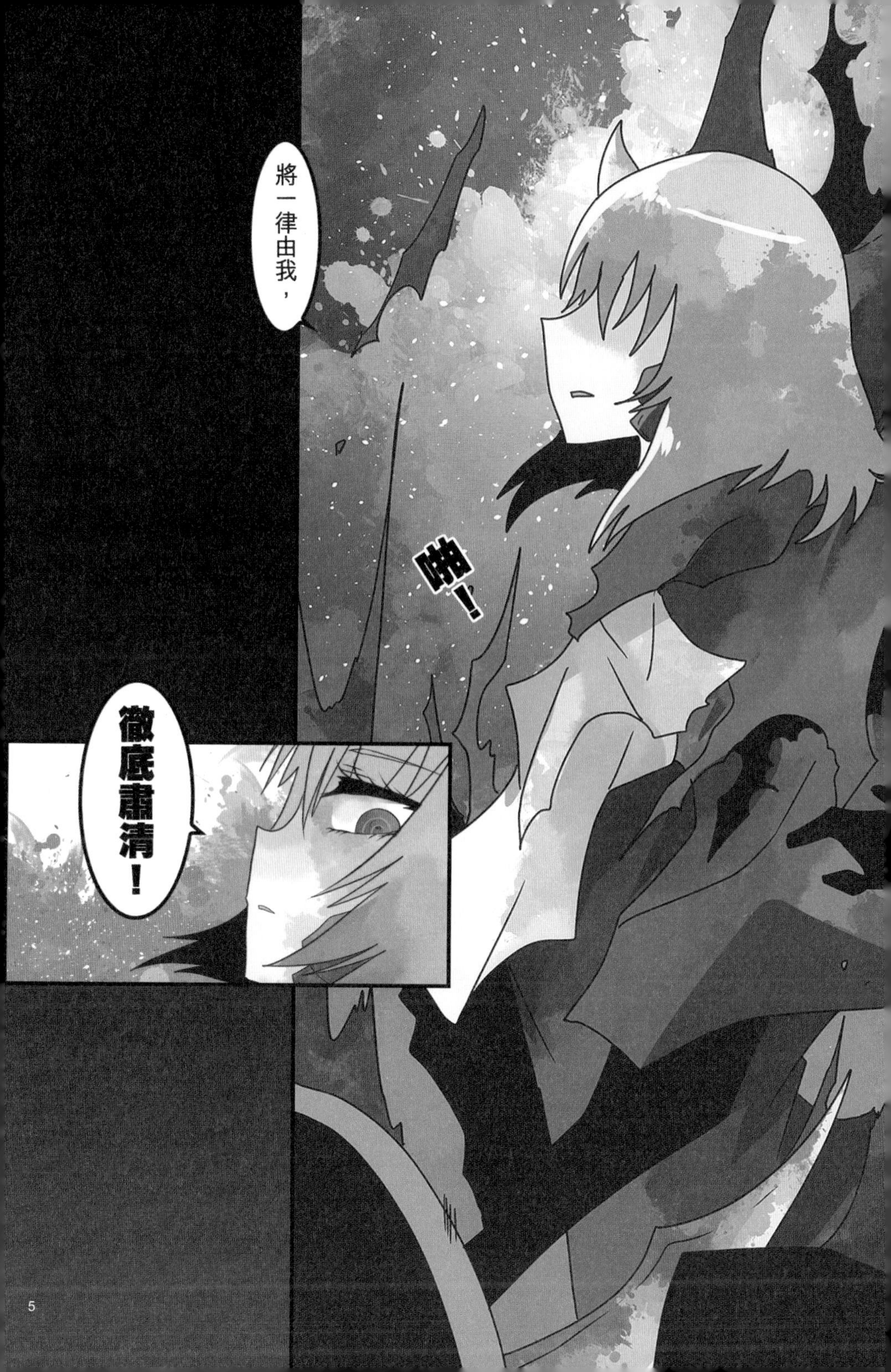
將一律由我，
啪！
徹底肅清！

可惡……
這些傢伙……！
這個像是當家的女人，毋庸置疑有三星勇者的實力。
後面的隨從可能也介於一星到二星之間的水準……！
至於這位隨從B……
怎麼了？怎麼了？
嗯……大概是打雜的。
單槍匹馬，
用武力可能贏不過。

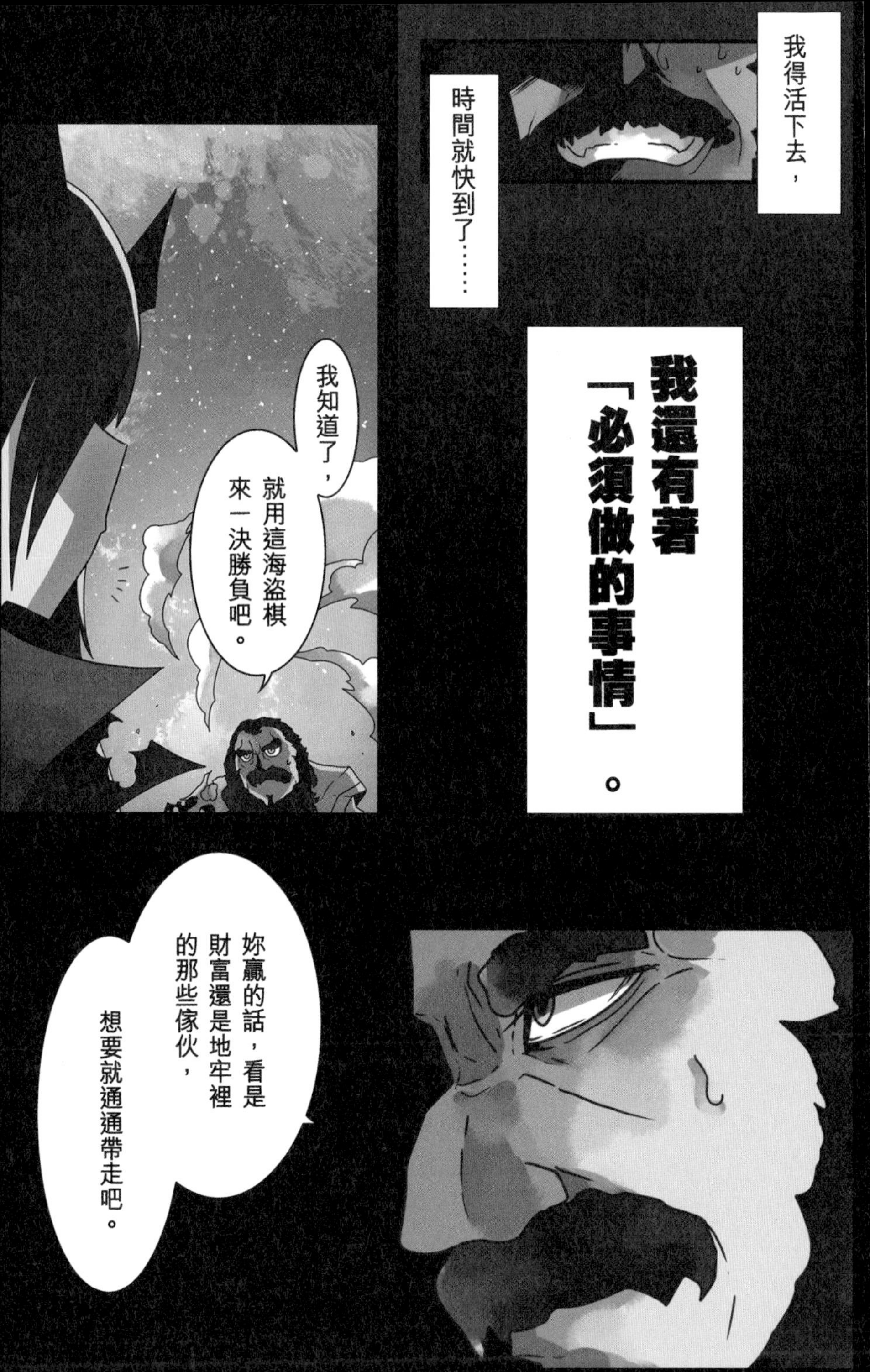
我得活下去，
時間就快到了……
我還有著「必須做的事情」。
我知道了，就用這海盜棋來一決勝負吧。
妳贏的話，看是財富還是地牢裡的那些傢伙，想要就通通帶走吧。

但要是輸了，你們全部的人！
都得成為我的專屬實驗體！
改造成忠心的魔體部隊！
好啊。
咦？
我說——
好啊。
什、什麼？妳不再仔細考慮一下嗎？
你很煩耶，既然你答應了那不就一切都好談了嗎？
滋滋——！
我們就來玩玩古代惡魔常幹的賭博遊戲——

審判惡魔參型
——「貝德」！
Devil Game！
咦？這次是袖珍版？
那是當然的啊。
原來的貝德貳型這麼巨大。
我才不想一到地上就造成騷動。
唔……沒關係。
對方只是海盜棋初學者！
就算有萬一，我也有最後的殺手鐧。
……
沒問題的！
那麼，就由我來解說海盜棋的規則。
有勞你了。

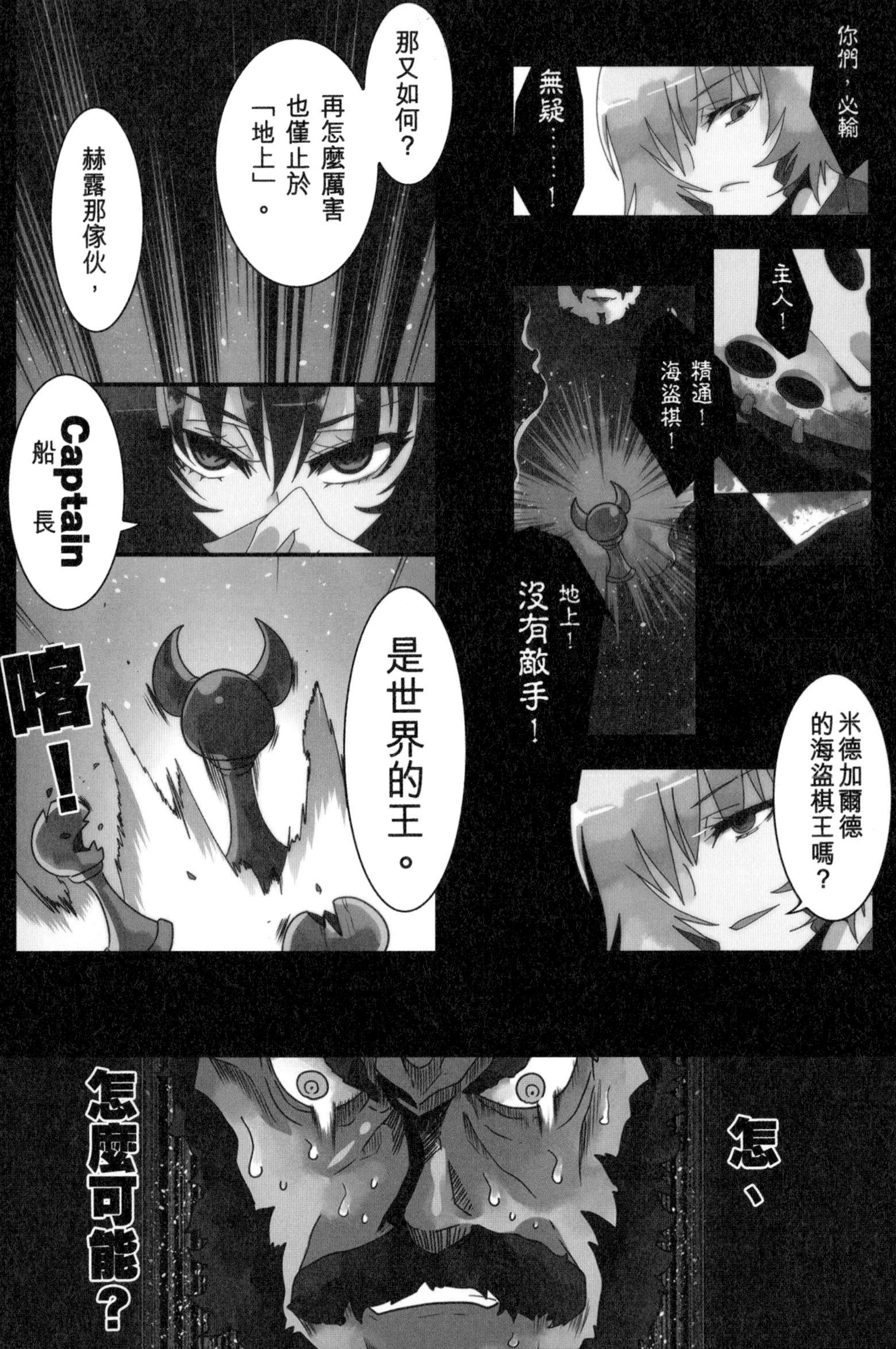

你們，必輸
無疑……！
主人！
精通！海盜棋！
地上！沒有敵手！
米德加爾德的海盜棋王嗎？
那又如何？
再怎麼厲害也僅止於「地上」。
赫露那傢伙，
Captain
船長
是世界的王。
喀！
怎、
怎麼可能？

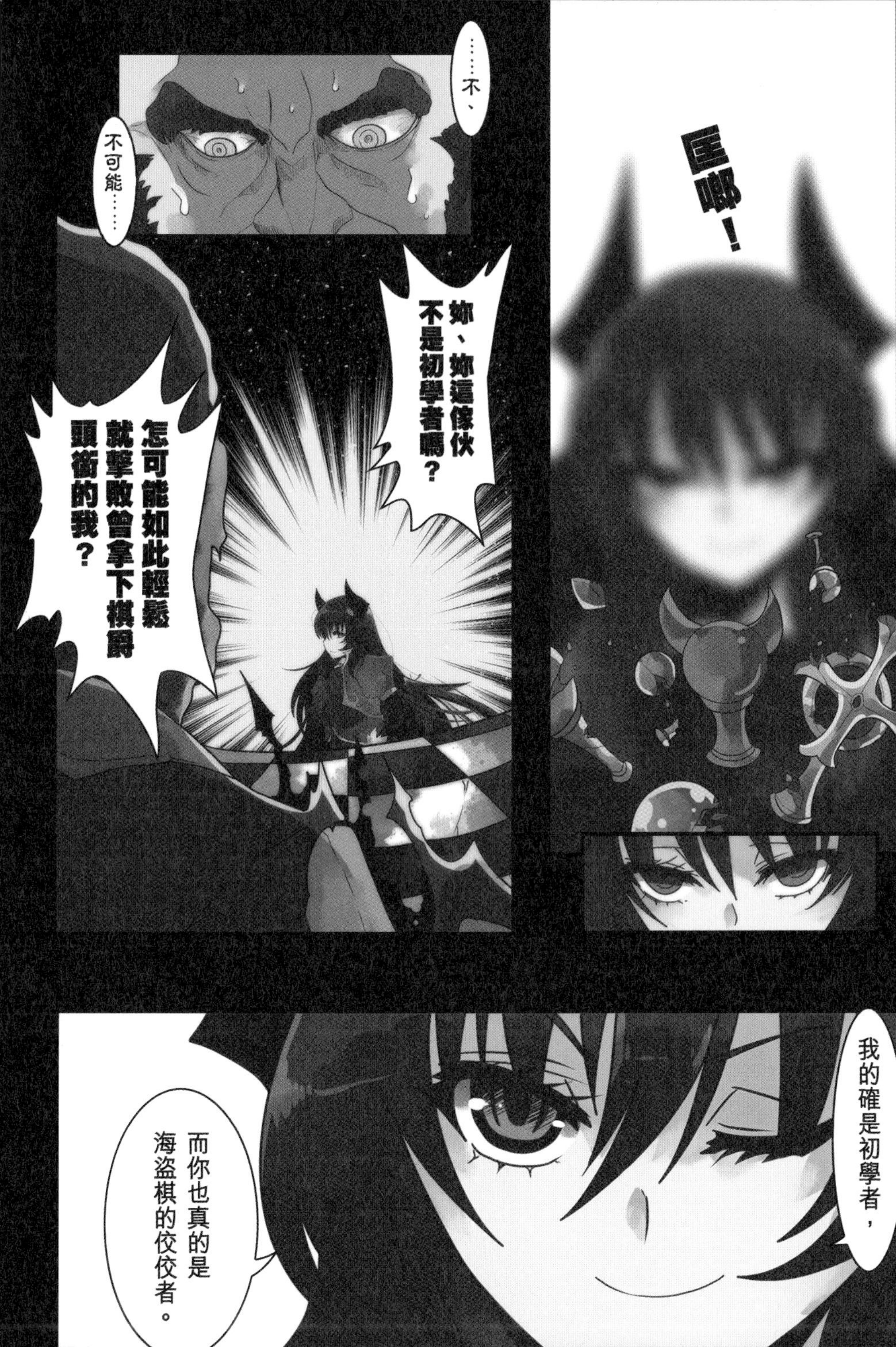
匡啷！
……不、
不可能……
妳、妳這傢伙不是初學者嗎？
怎可能如此輕鬆就擊敗曾拿下棋爵頭銜的我？
我的確是初學者，
而你也真的是海盜棋的佼佼者。

不過啊……這場競技賽，
你卻因為覺得彼此實力懸殊，
而只將它當作一場「單純的比賽」對吧？
？
簡單來說，你啊……
沒有耍詐。
一般競技可能無所謂，但像這種「絕對不能輸」的賭注，
就算出現欺騙、詐欺等小動作也無可厚非。

但是你直覺上認定我們之間的實力落差極大，
居然將這麼重要的玩命賭博，看作只是一場單方面的凌遲。
給你個忠告。
所謂的惡魔，
可是非常狡猾的。

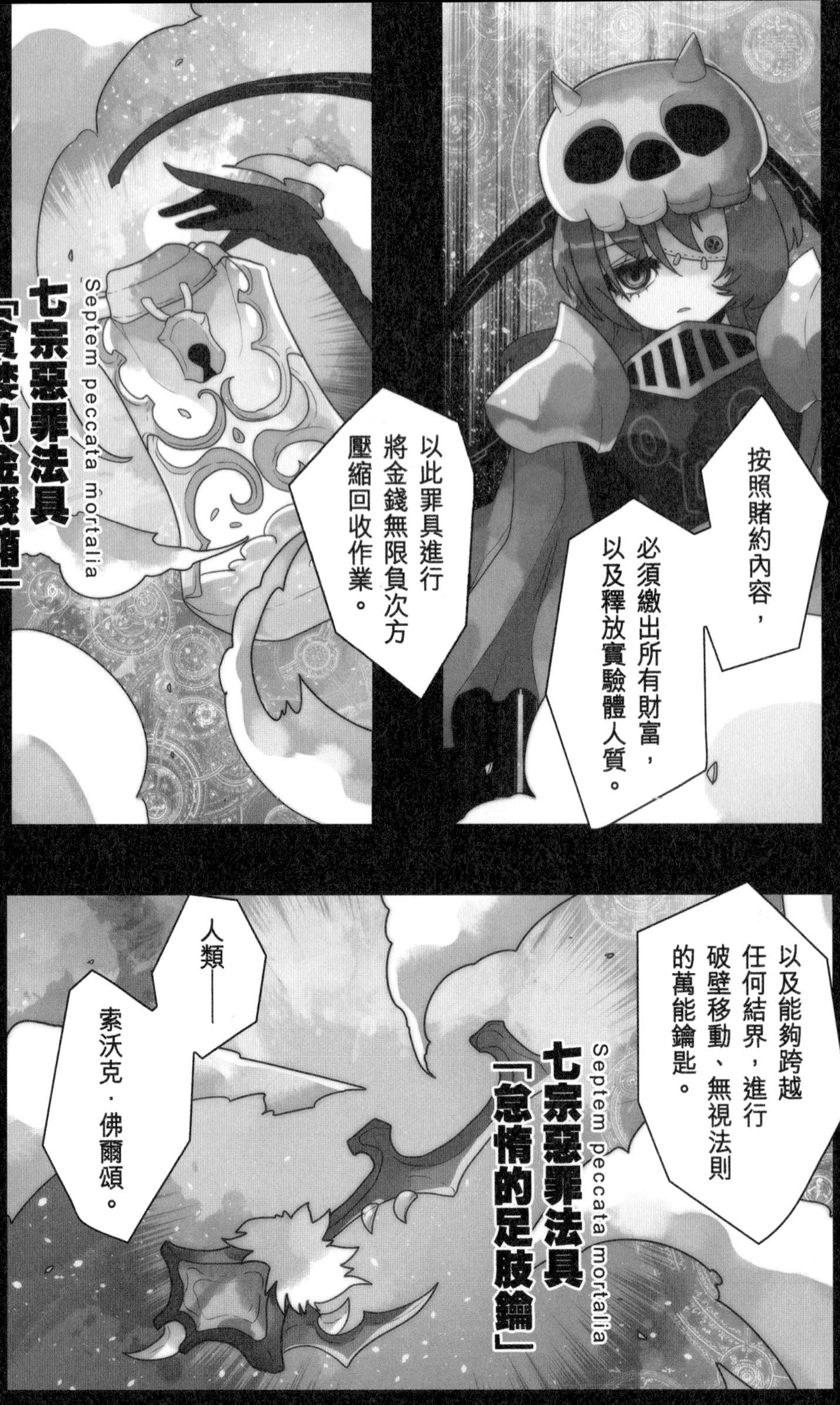
按照賭約內容，
必須繳出所有財富，
以及釋放實驗體人質。
以此罪具進行
將金錢無限負次方
壓縮回收作業。
七宗惡罪法具
『貪婪的金錢箱』
Septem peccata mortalia
以及能夠跨越
任何結界，進行
破壁移動、無視法則
的萬能鑰匙。
七宗惡罪法具
『怠惰的足肢鑰』
Septem peccata mortalia
人類——
索沃克·佛爾頌。

開始執行懲……
……!

赫露陛下，兩個罪具先寄放在您那邊，租金一日五萬血幣（不含利息25%），
請恕我先行告退。
好囂張的遺言啊！
碰！
!!?
……居然冷不防地進行攻擊。
真是無禮的傢伙。

可惡……！
這傢伙！
這大塊頭跟剛剛的嘍囉完全不一樣！
六席官！請保護別希爾退到後面！
知、知道了！
歌布琳！集中注意力！
不但力量很驚人，右手臂也裝置了軍艦砲！
除此之外，速度也很……
!!?

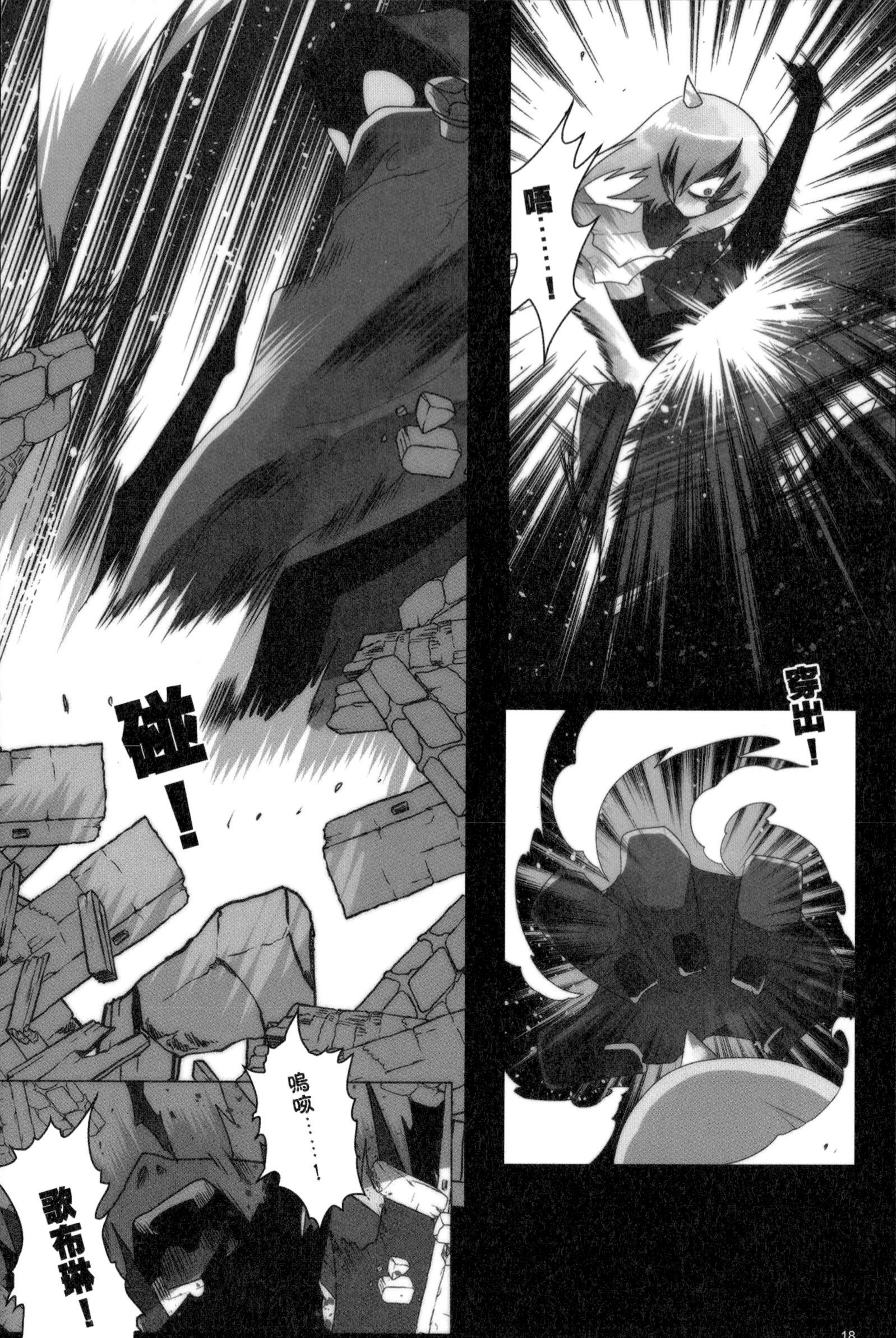
唔……！
穿出！
碰！
嗚咳……！
歌布琳！

嘶嘶嘶——
如何？
這是我最後的殺手鐧。
最終魔體實驗兵器。
死老頭。
這種改造實驗對你來説到底有什麼好處？
哼……。生命的研究永無止盡。
更何況，
我已經被別希爾宣告了死亡大限。
更無須猶豫。
？？
別希爾？

你們不知道別希爾到底是什麼，
就將她帶在身邊嗎？
哈哈哈哈，我還以為你們是知道別希爾有「宣告死亡」的能力，
所以才來我這裡搗亂！
死亡宣告？難不成是……
報喪女妖？
沒錯，這傢伙是報喪女妖的後裔！
而且是惡魔、地精與精靈的隔代混血！
能夠絕對精準預測人們的死期。
別希爾在這些種族的掌權者心中，可是無價之寶啊！

別希爾！
這是真的嗎？
我、我不知道！
我沒有出生時的記憶！
也知道自己的壽命即將來到盡頭，令我非常的失意。
預知自己的生命大限，真不是一件好事，無論做什麼都力不從心，像具活著的屍體。
但最後我發現……我錯了。
正因為知道自己即將死去，所以才要更熱衷的去追求——
我意外捕獲，並從文獻特徵得知她是報喪女妖的同時……
不死的生命體。
「大萬能藥」、「魔體改造」都是為了成就我的悲願。

咕嚕嚕嚕。
惡魔化。

等、等等!!
還沒做好
心理準備!
!?

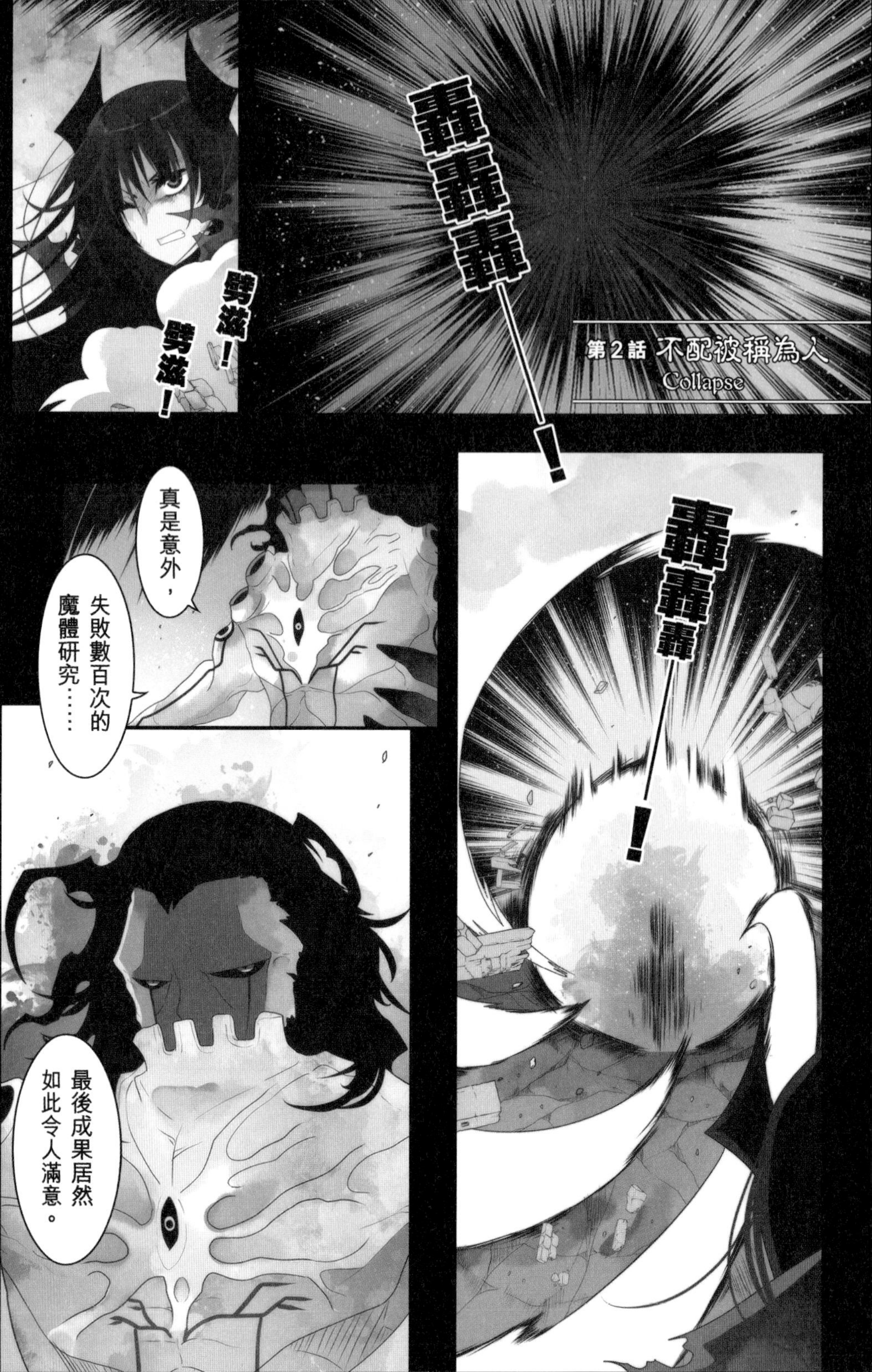
轟轟轟─────!
第2話 不配被稱為人
Collapse
劈滋!
劈滋!
轟轟轟─────!
真是意外，
失敗數百次的魔體研究……
最後成果居然如此令人滿意。

這樣一來，
對付像你們
這樣的鼠輩……
啪！
!?

轟碰——！
好……好快………！
海盜棋的比試還沒結束呢。
海賊頭子依舊屹立在這條船上。
CAPTAIN

痛哭吧、後悔吧！
後悔妨礙我的研究，
妨礙一個父親……
……拯救即將失去的女兒。
!?
咳！
……什麼意思？你這傢伙的目的……
咳！
咳！
是你的女兒？
……
佛爾頌家族，
這是我唯一能向命運反抗的事情。
——十七年前，楠娜·佛爾頌出生，

那年，
我正式獲頒
二星爵位勇者。
我認為我是
佛爾頌家族……
不，是這世界上
最幸福的人。
能夠將爵位所
享有的富裕生活，
帶給深愛的妻子，
以及甫出生的
女兒。
但半年後，
命運卻急轉直下……
你說
夫人她……
罹患了絕症
「摩莉甘」？
Morrigan

……很遺憾，老爺，皇家醫生如此診斷。
咳！
咳！
據醫生說，同時也診斷出大小姐她……
可惡！
楠娜呢？快把她帶到安全的地方……！「摩莉甘」有很強的傳染效果……！
……老爺，
是生下來即帶有摩莉甘病徵的……
Morrigan
病原體。
也就是說夫人染病，大小姐脫不了關係。
!?
胡說八道！楠娜她……！
老、老爺請冷靜……！

現在當務之急，必須先儘快處理掉大小姐，
以免讓佛爾頌家族的名聲蒙羞啊！
「佛爾頌」……比我妻子女兒的性命還要重要？
我得為了家族名聲吞忍一切？
不可以讓任何人知道，所以我得親手殺了女兒？
不對……
要隱瞞這些事，
有更好的做法……

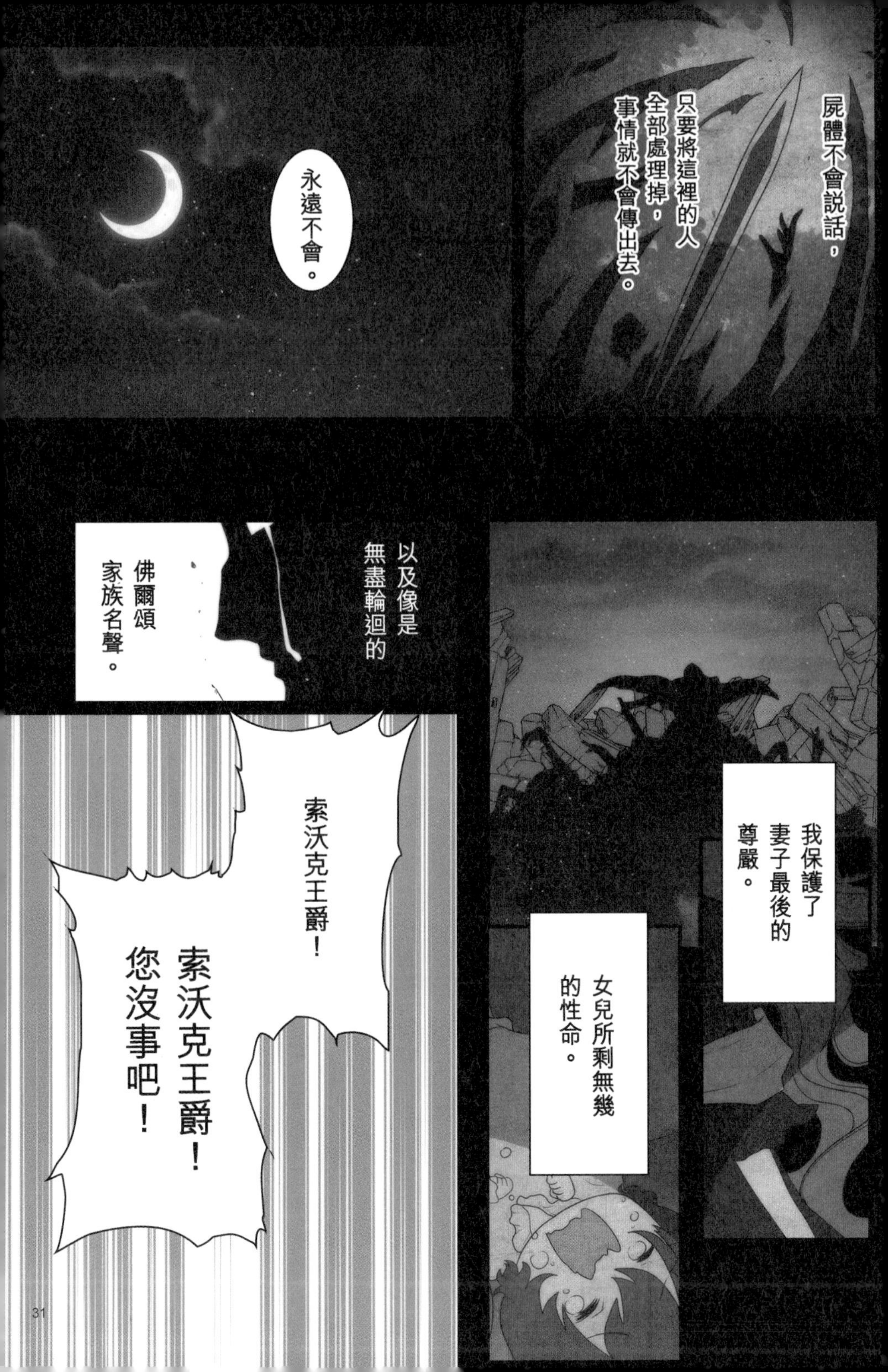
屍體不會說話，
只要將這裡的人
全部處理掉，
事情就不會傳出去。
永遠不會。
我保護了
妻子最後的
尊嚴。
女兒所剩無幾
的性命。
以及像是
無盡輪迴的
佛爾頌
家族名聲。
索沃克王爵！
索沃克王爵！
您沒事吧！

索沃克王爵！
皇軍收到您的支援請求！外頭已經有大批軍隊……
嘔……！這景象……！
這是誰幹的？
……魔族。
是魔族幹的。
從這天開始，我已不配被稱作「勇者」，
不，甚至不配被稱為……
人。

之後的十七年，
楠娜知道自己的病情，並勇敢的活著。
但無法面對至親逝去痛苦的我，
醉心於不死生命的魔體研究。
其中一項材料「大萬能藥」，
因為條件過於嚴苛，所以只能拚命的改良與仿造。
不要！快住手！
劑量3ml，注射預備。
求求你們咕咕嚕嗚嗚……！

實驗失敗，受試者第405號死亡。
就這樣，本鎮與鄰鎮的孤兒院送來的「孩子」一個個「失蹤」。
我也曾經感到良心非常不安，
但只要一想到……
我的女兒，楠娜！
她還如此年輕，就要面臨死亡的恐懼。
最終，我改變了，
將良心遠遠地拋諸腦後。

從內到外，讓自己成為真正的「惡魔」！

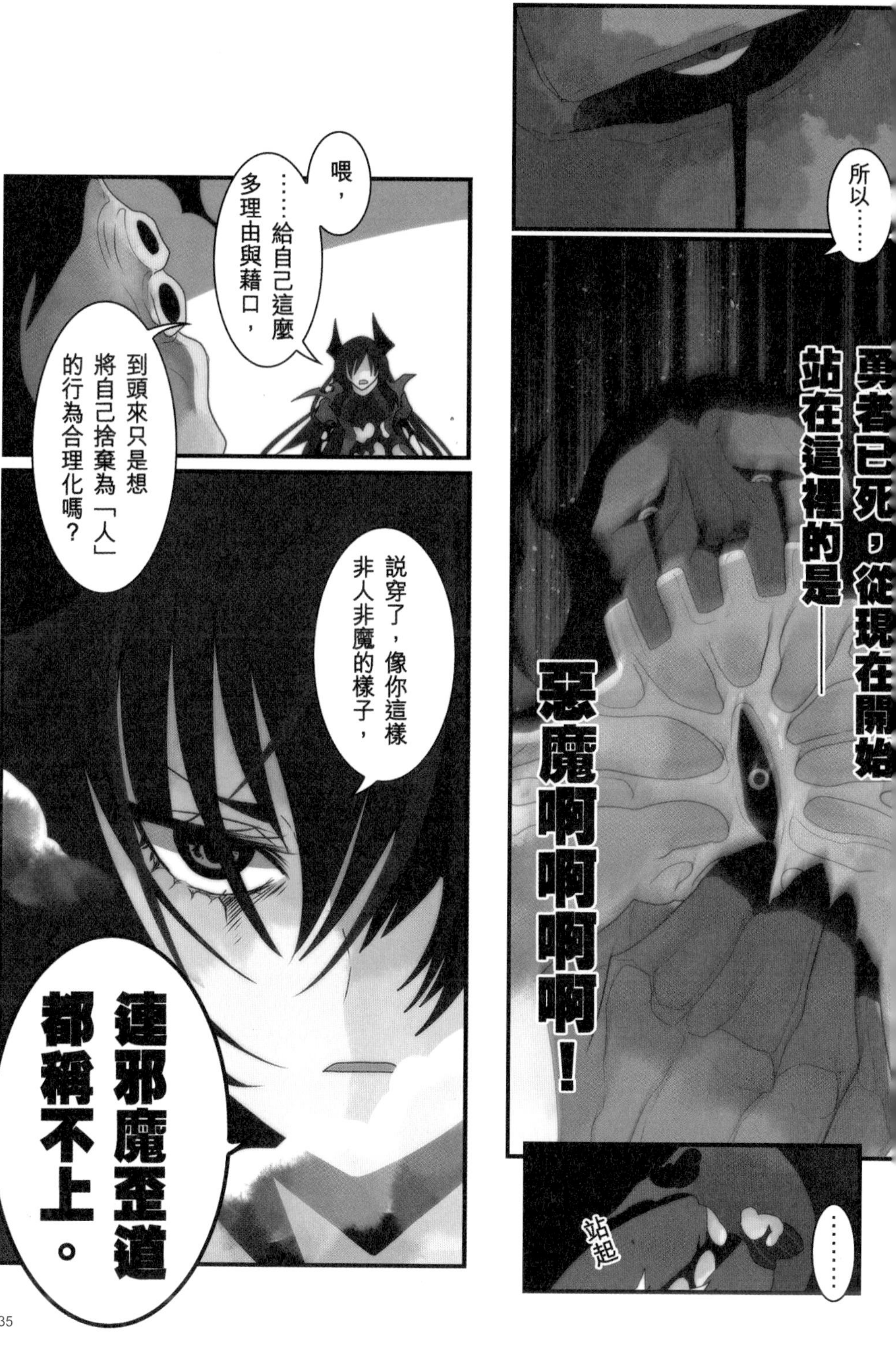
所以……
勇者已死，從現在開始
站在這裡的是——
惡魔啊啊啊啊！
……
站起
喂，……給自己這麼多理由與藉口，
到頭來只是想將自己捨棄為「人」的行為合理化嗎？
說穿了，像你這樣非人非魔的樣子，
連邪魔歪道都稱不上。

聽好了，
就讓我來教教你，什麼叫做真正的——
惡魔。
……哼、
哼哈哈哈！
這樣的「惡魔」也未免太難看了！
瞧妳光是站著都相當艱困的痛苦模樣！
喀啦！

一點也沒錯。
聽到了嗎？赫露陛下。
就算實力有明顯差距，
妳都應該帶著魔王的驕傲，
直挺挺的站好，
轟——！

碰！
鼠輩……
活膩了嗎？

不，我只要你在偉大的赫露魔王面前……
!?
跪下。
碰轟！
本來，不想用這招的。
喂，這是標準的輸家臺詞耶！
少囉唆。

我本來就不覺得這些招數，
可以對他造成多大的傷害。
碰！
說得沒錯啊。
!!?
唔……！
碎裂
歌布琳！
你這……

死不成的傢伙！
鏘！
沒用的，這種意料之中的攻擊，
對我可是……
住、住手！

碰轟！
總算……
誘你上鉤了。
嗚……！
唔喔喔喔喔！

歌布琳除了慣用小刀、弓箭戰鬥外，
更擅長使用各種「陷阱種子」引誘並困住敵人！
以火花作為養分，當有細微魔力發動時，
就能瞬間開花引爆。
「爆破的陷阱種」，
如今你的左腕可是廢了呢。
畜、畜生……！
不准動！

我還在你身旁埋下了數顆種子，當地面產生壓力時會瞬間開花，
你肯定屍骨無存。
!!?
妳這傢伙……
歌布琳說謊。
這麼便利的種子不是說有就有。
但因為有了失去左手的前例，
成功的讓索沃克不敢輕舉妄動，
欺騙的言語，成為了最強的武器。

赫露陛下，抱歉我只能幫到這邊了。
這樣就夠了，感激不盡。
鼠輩……！
為什麼要妨礙我？
因為，你的做法，救不了你女兒，
更救不了你自己。

救不了任何珍惜的事物。
妨礙你，是因為我要用正確的方式，
拯救你們。

整容大成功!!

第3話 最後的救贖
The Last Experiment

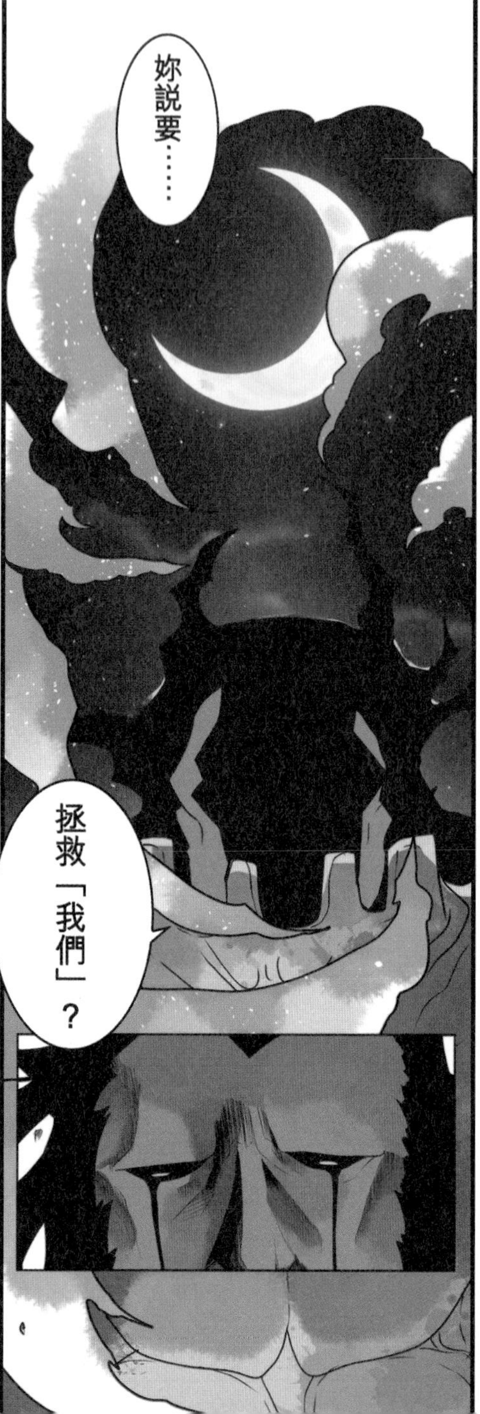

……哼，陷阱，果然只是幌子，待會再解決妳，地精。
倒是妳的主人，只要我稍加施力，她那細嫩的頸椎馬上就會應聲折斷……
嗚……！
試問這樣的她，要如何拯救「我們」呢？
……索沃克！
讓自己的女兒變成你這副德性……
變成這種怪物！
就是你想要給予女兒的未來嗎？

回答我！森沃克！
!!?
嗚……！
碰——！
嗚喔喔喔喔！

索沃克，其實你壓根就不想讓女兒變成……
像你這種腐敗的樣子。
否則魔人化這麼容易，你早就做了。
要反駁嗎？索沃克。
……不。
你說的一點也沒錯。

但是……那又如何？
已經沒有退路了！
只要前方有一絲可能，就算是惡魔我也會跟他交易！
楠娜！我唯一的家人！為了她，不論需要多少實驗體、多少魔物！
我都將此視為絕對的必要之惡！

跟惡魔交易也願意嗎？別忘了這句話。
!?
楠娜！
你這傢伙對楠娜做了什麼？
快放開她！
父……父親……
楠娜！
這些令人悲傷的事……
不要再繼續下去了……

快住手……父親……
……。
為了我的私慾，已經犧牲了太多人，還成了這副德性。
……已經太遲了，楠娜……！
惡魔……妳叫做赫露……對吧？
我的生命已經快走到終點了。
我想拜託妳……取走我的靈魂，救救我的女兒。
!?
拜託妳……！

我拒絕。
如果你的靈魂成為了材料，
我就沒辦法連你「一起拯救」了。
!?
赫露陛下！莫非妳……！
你們兩位……
有興趣前往埃流得尼爾嗎？
死國

要我們……
前往埃流得尼爾？
意思是要我們乖乖當魔族嗎？
開什麼玩笑？我可是貴族佛爾頌家族……
咳！咳！
省點力氣吧，
摩莉甘的侵蝕，加上剛剛那一擊，你應該早就不能動彈才對。

都已經這副德性還在意佛爾頌家族的身分嗎？
真是的，是誰說只要能活下去，跟惡魔交易也願意啊？
把人類帶到死國？是什麼意思？
其實死國除了原生魔族外，也有人類變成的「後惡魔」。
在這塊大陸上，英勇戰死的人類，會受到華爾裘莉亞（女武神）的召喚，
並將他們帶到主神奧汀的所在地，成為「聖潔的英靈」。

而病死或衰老而亡，在人世沒有留下任何戰功的孤苦靈魂……
就由埃流得尼爾來收留，成為「焚滅的死靈」。
我、我不懂！
赫露陛下！為什麼得收人類靈魂……
有什麼關係？
!?
別忘了這趟目的，我們可是要「投靠」人類的，
沒有一點誠意怎麼行呢？
……！
這時候妳還在說這個……！

不過也要看當事人意願啦！
……
索沃克・佛爾頌、楠娜・佛爾頌，
你們願意跟惡魔簽下契約，在我的領土下……
我這種迫害魔族的惡人，得不得到救贖根本無所謂……
但我的女兒，能在那裡安穩的活下去嗎……？
永遠的活下去嗎？
如果是這樣的話……

我願……

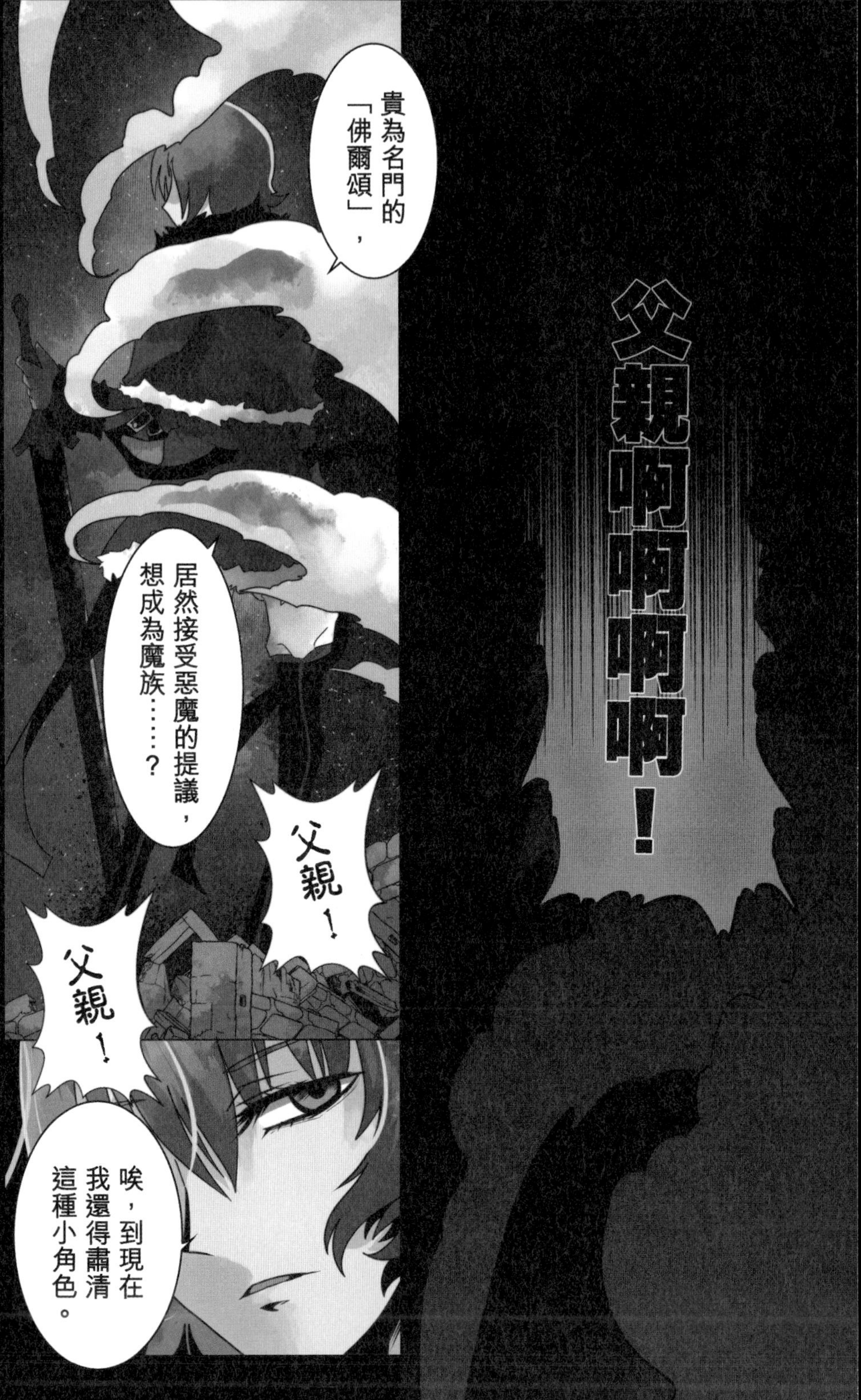
父親啊啊啊啊！
貴為名門的「佛爾頌」，
居然接受惡魔的提議，想成為魔族……？
父親！
父親！
唉，到現在我還得肅清這種小角色。

都是因為我……
升不上五星勇者的關係啊。
!?
赫、赫露！
劈裂
不……
粉碎
不會吧？

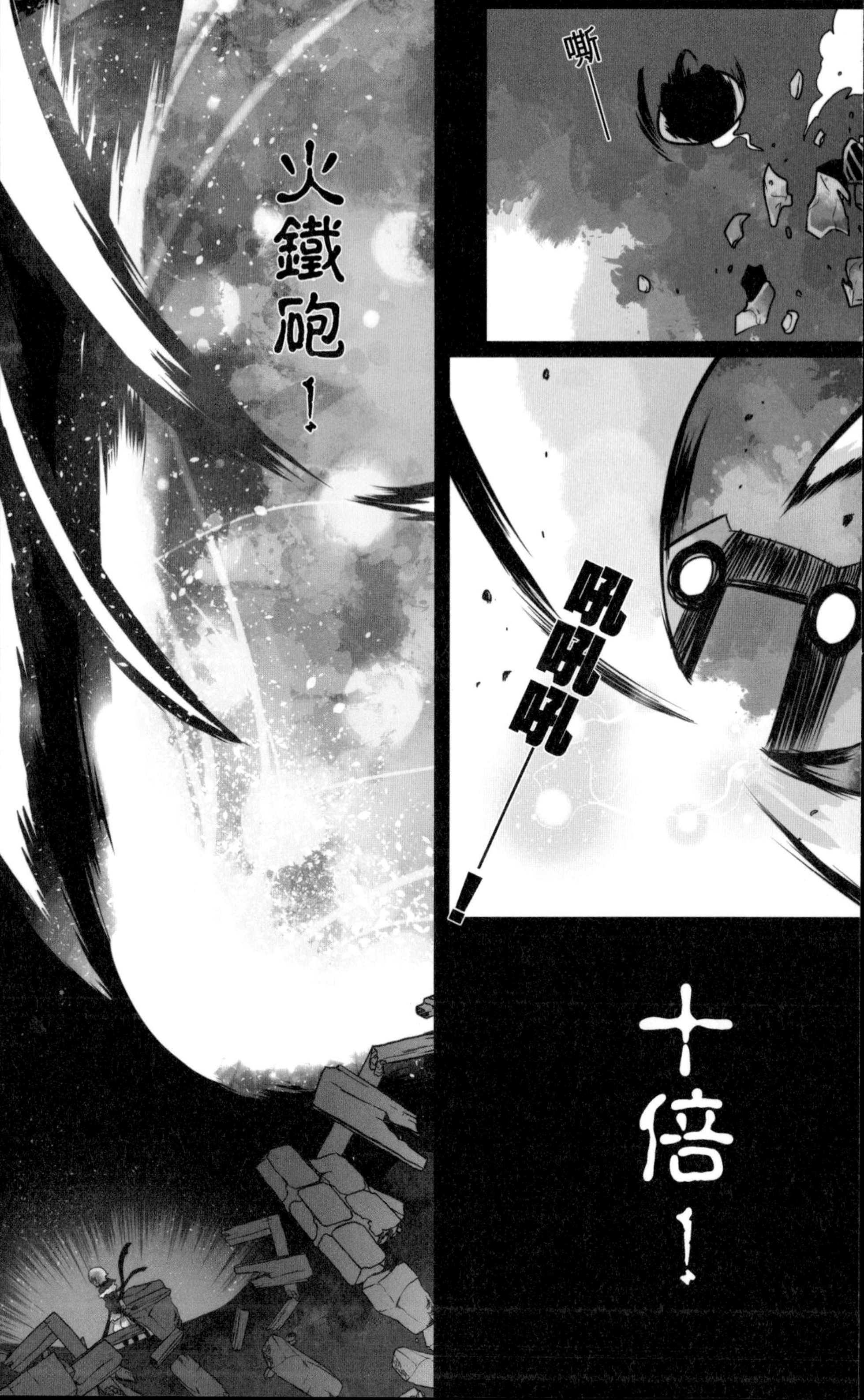
嘶——
吼吼吼——！
十倍！
火鐵砲！

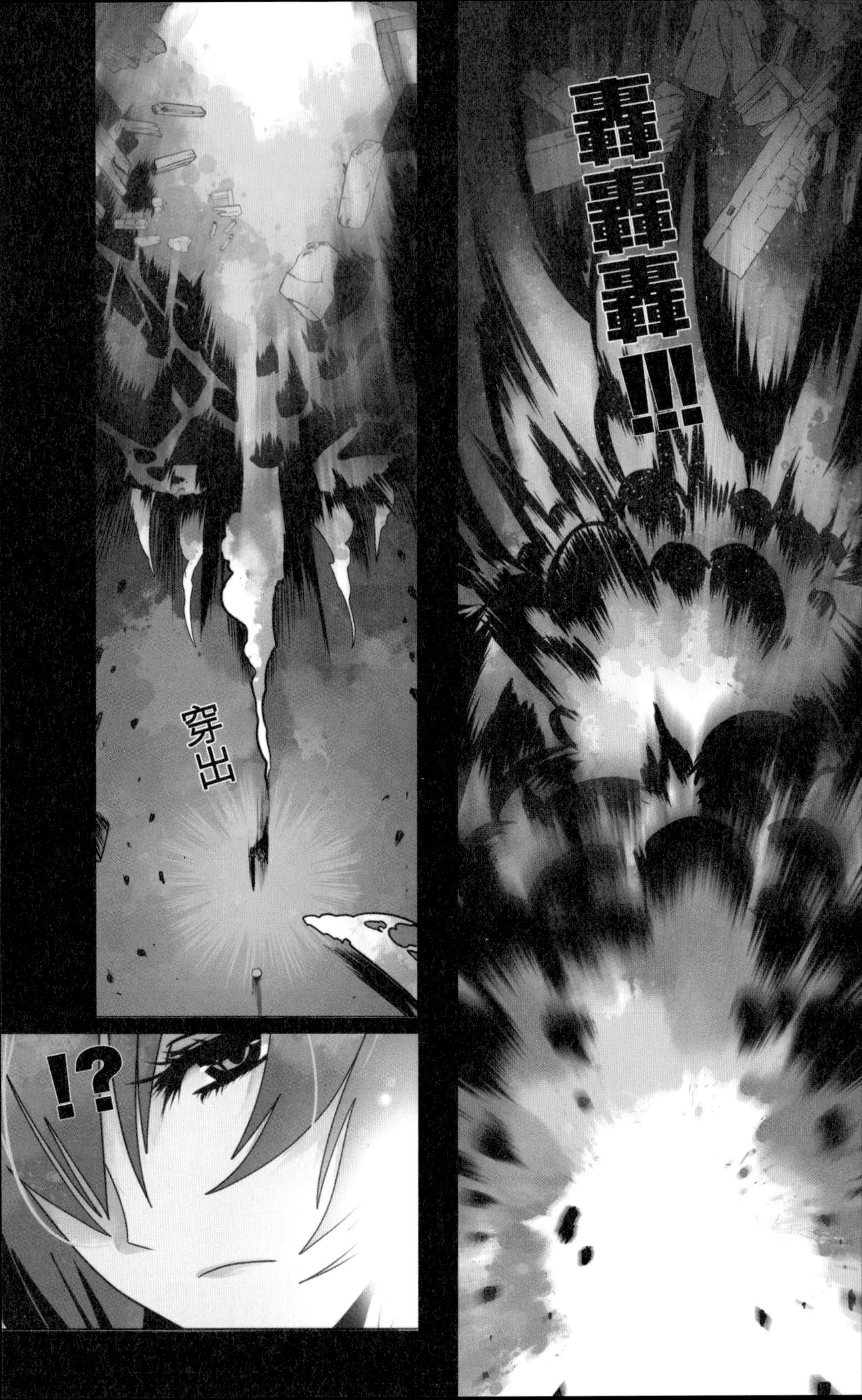
轟轟轟!!!
穿出
!?

龍破種——
最大出力！
轟轟轟

!?
快閃開歌布琳！
斯芬……
衛斯里？

斬裂——！
!?
歌、
歌布琳！

嚇!?
斯芬的鬼魂??!
明明是魔王。

第4話 斯芬・衛斯里
Fafnir
唰!
歌布琳!歌布琳!
……赫露,冷靜一點,
她沒事,傷口並不深。
看來那傢伙留了一手……
……!
米爾,麻煩妳先將這裡的所有人,
通通送回死國。
這傢伙太危險了,一起上也不是對手!

我來拖住他一點時間！
!!?
妳在開什麼玩笑？這是送死行為！
我馬上請眾議院派送席官支援！
來不及的。
我感受得到這傢伙的厲害！
一瞬間，就能將我們全部斬殺。
你不是斯芬．衛斯里吧？
你到底是誰？

沒想到事過境遷，
還有人記得爺爺……家族汙點的名字。
我乃斥候衛斯里家族第七代子嗣。
法夫尼爾．衛斯里。
回答我的問題。
你們是誰？
知道些什麼？
現在死？
還是晚點再死？

我還真是老糊塗啦……
一時沖昏頭，忘了你那爺爺已經死去一百年以上了。
!!?
歌布琳妳還不能動！
拜他所賜，家族沉寂了一個世紀，
一直到我這代才總算復興起來。
你們可真行呢，斯芬這名字理應在這世上消失已久了。
卻一直聽到你們斯芬長、斯芬短的。

看來我做得還不夠，
應該要到世界的各個角落……
徹底剷除所有知道那位……
名字是「衛斯里家族汙點」的傢伙。
一百零四年前。
米德加爾德長老院。

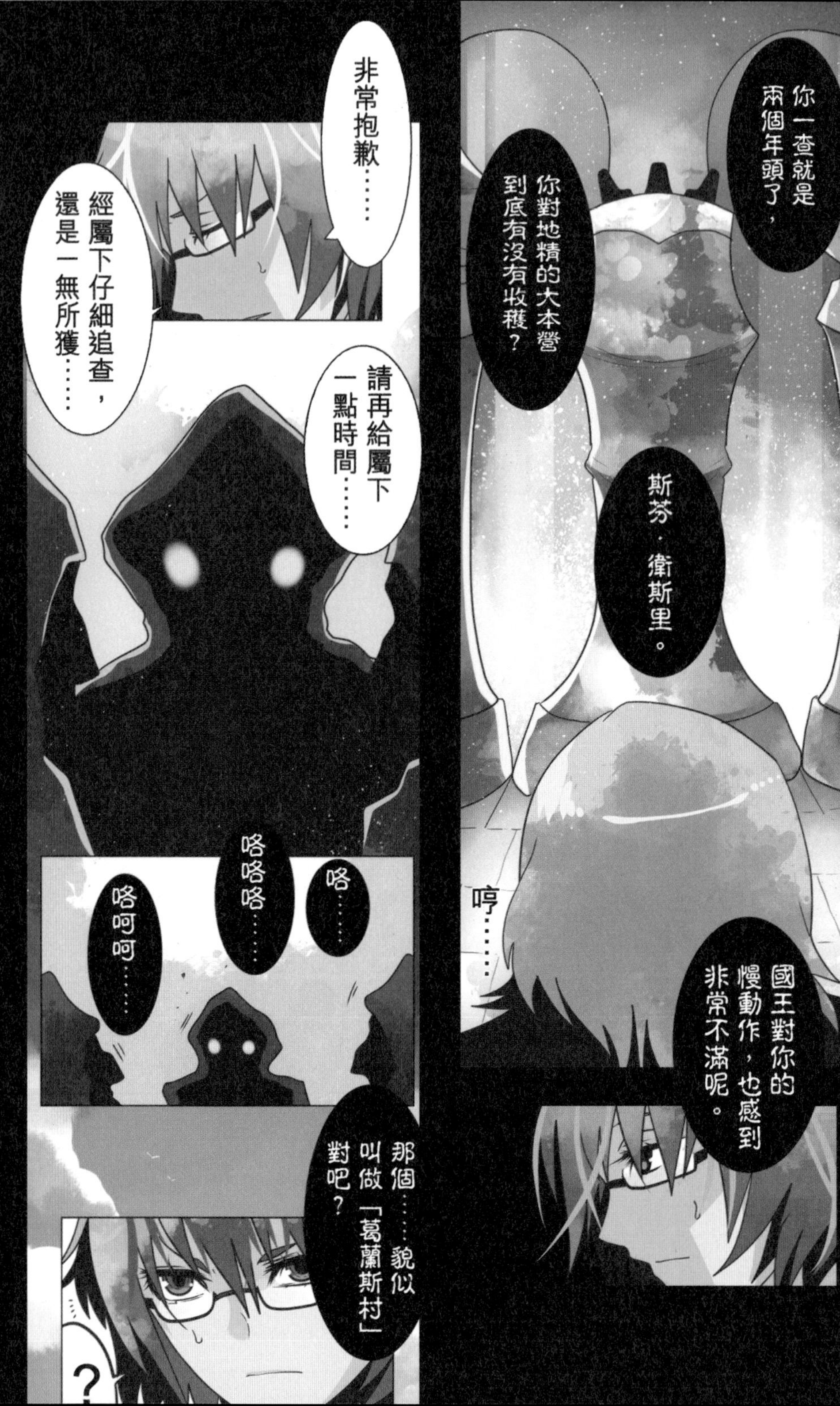
你一查就是兩個年頭了，
你對地精的大本營到底有沒有收穫？
斯芬．衛斯里。
哼……
國王對你的慢動作，也感到非常不滿呢。
非常抱歉……
經屬下仔細追查，還是一無所獲……
請再給屬下一點時間……
咯……
咯咯咯……
咯呵呵……
那個……貌似叫做「葛蘭斯村」對吧？
?

真是個風光明媚的好地方呢！
據說所產的蜂蜜酒非常棒，
氣候也相當宜人，很適合退休後居住啊！
只可惜現在那裡就是有個玩意頗為煞風景。
？？
那些飄散肅殺氣氛、
笨重的紅灰色盔甲們啊！咯咯咯咯……
!!?
失、失禮了！不好意思！我們馬上離開！

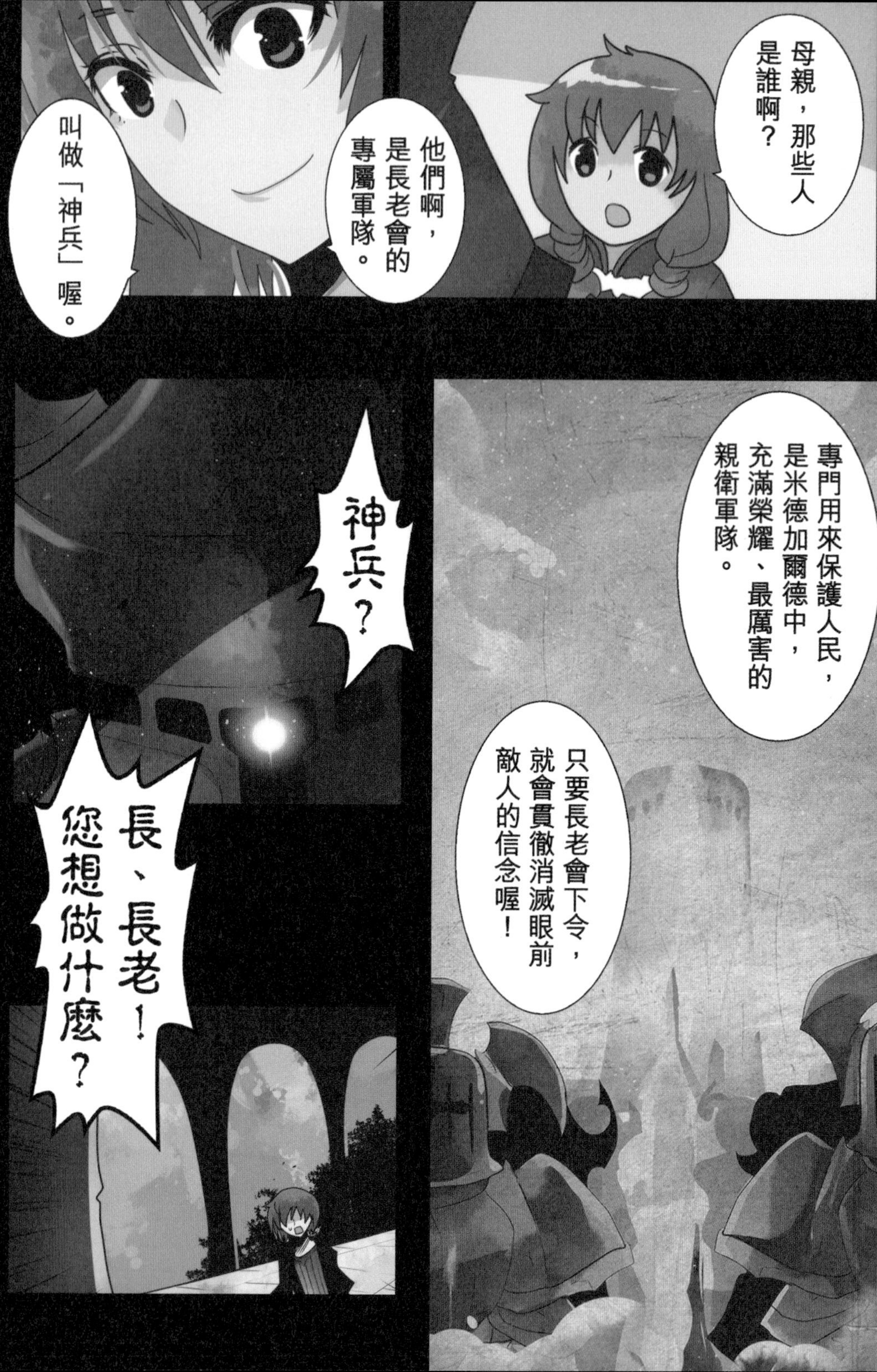
母親，那些人是誰啊？
他們啊，是長老會的專屬軍隊。
叫做「神兵」喔。
專門用來保護人民，是米德加爾德中，充滿榮耀、最厲害的親衛軍隊。
只要長老會下令，就會貫徹消滅眼前敵人的信念喔！
神兵？
長、長老！您想做什麼？

我想做什麼？
這就要看你隱瞞多少事情了呢？斯芬·衛斯里。
「王都的神兵隊」是專聽令於長老會的人類兵器。
只要我揮揮手，那個村莊瞬間就會被夷為平地。
我們早就知道，
你跟地精之間彼此勾結，
好不容易才發明了傳染病的特效藥對吧？
那些痊癒後，對你抱以感激之情的人類村民，

能夠治癒，都是因為汙穢的魔物之血，
在體內流竄呢 哈哈哈哈……
衛斯里，別想太多。
人類與魔族之間孰重孰輕，這應該很好選擇對吧？咯咯咯咯……
不、不可能…… 長老們愛民如子……
不可能對他的人民……
做出這種鎮壓的行為……！

嘆氣
最高統率。
由於偵查斥候堅不吐實，故向你們下令。
特准你們「神兵」……
殺個人以儆效尤。

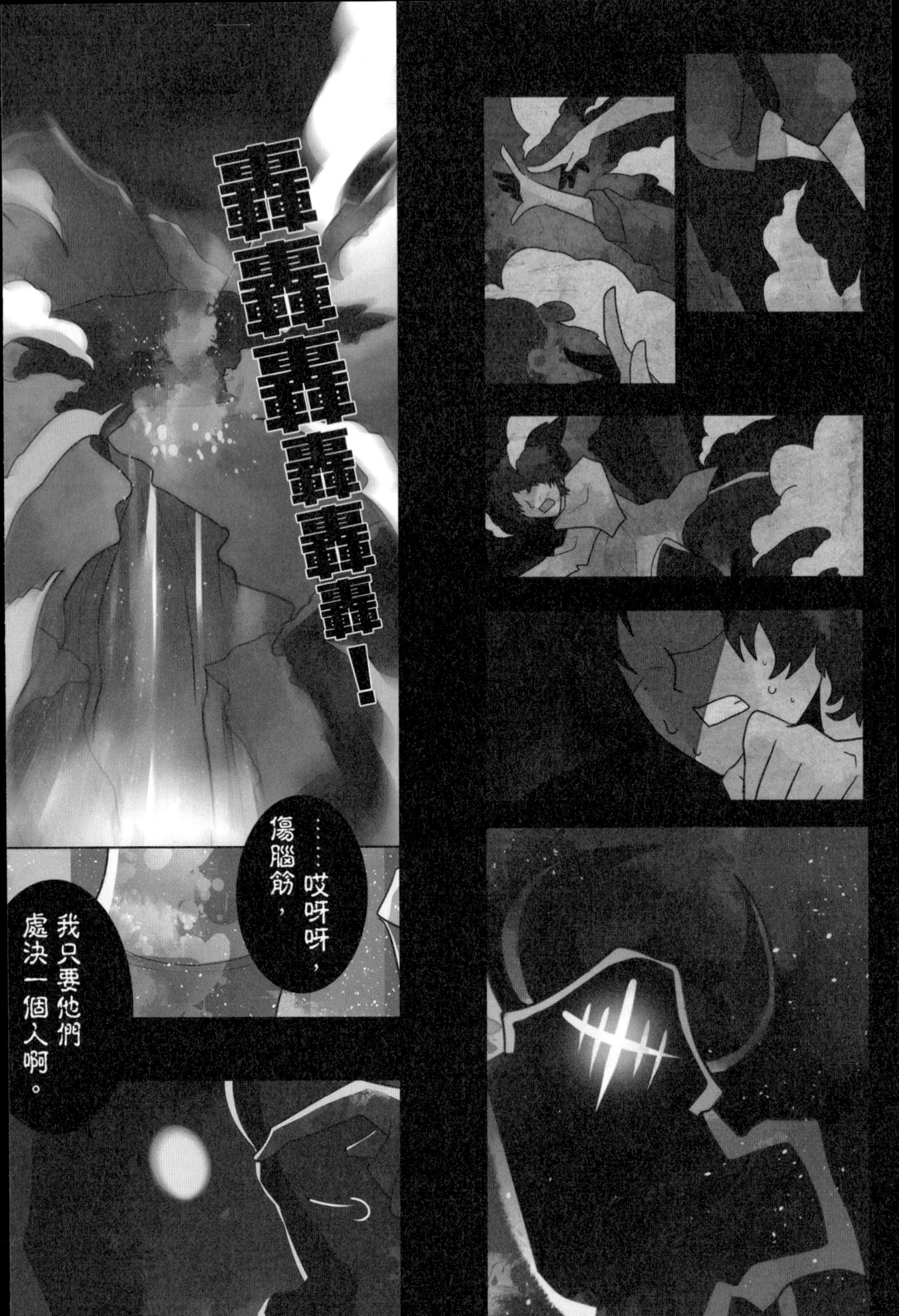
轟轟轟轟轟轟轟！
……哎呀呀，傷腦筋，
我只要他們處決一個人啊。

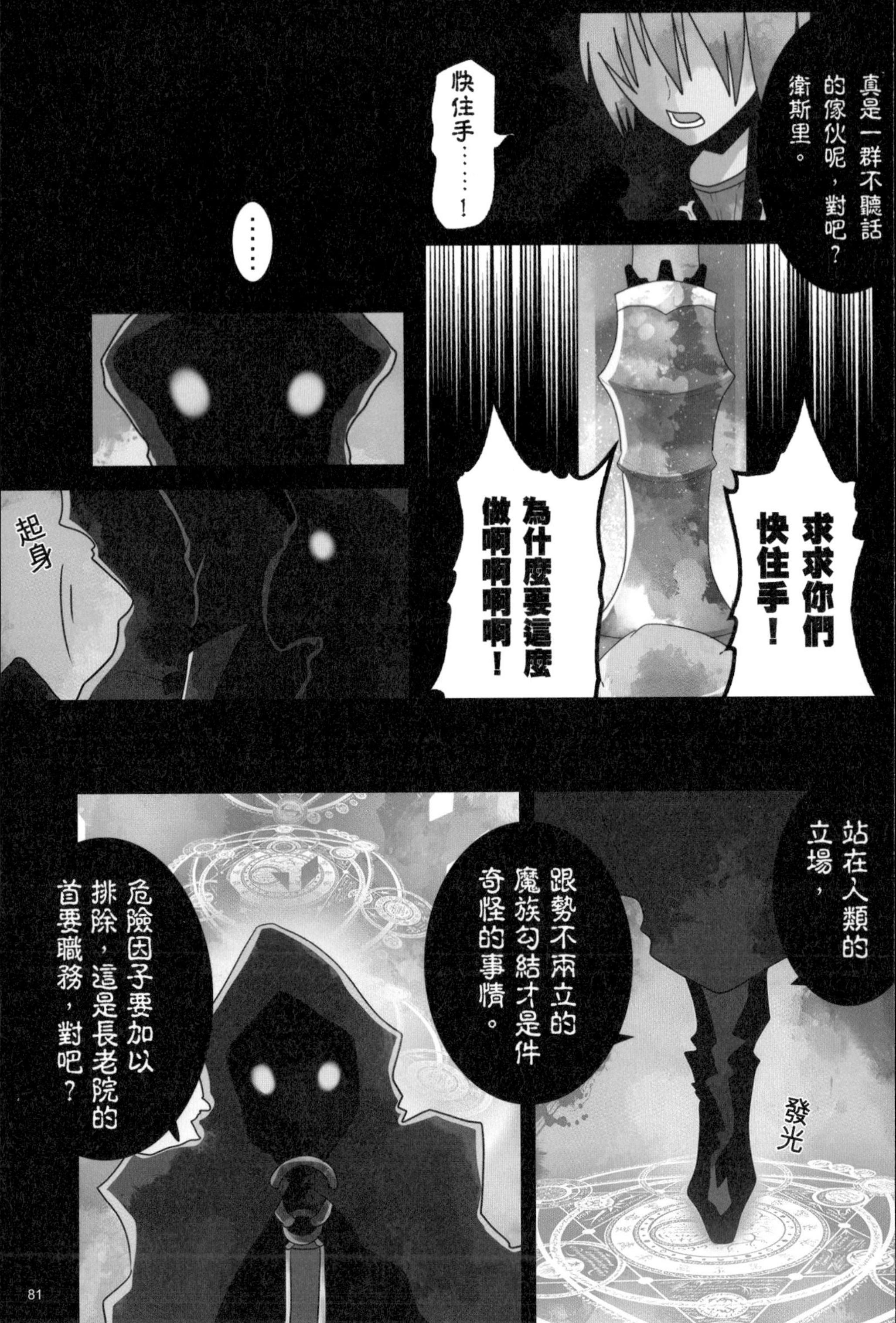
真是一群不聽話的傢伙呢，對吧？衛斯里。
快住手……！
……
求求你們快住手！
為什麼要這麼做啊啊啊啊！
起身
站在人類的立場，
跟勢不兩立的魔族勾結才是件奇怪的事情。
發光
危險因子要加以排除，這是長老院的首要職務，對吧？

也就是說，站在人類一方的角度來看，
跟外來敵族勾結的你……
才是絕對的「惡」呢。
胡說八道！
魔族們也是相當安分守己的生活著！
會不時有戰爭，也是我們人類不斷組成冒險者隊主動侵略地下城！
不論是村民、魔族，他們都有活下去的權利！所以——
我不會讓你這樣為所欲為！

哎呀呀……
衛斯里。
你知道對長老拔刀相向可是「唯一死罪」嗎？

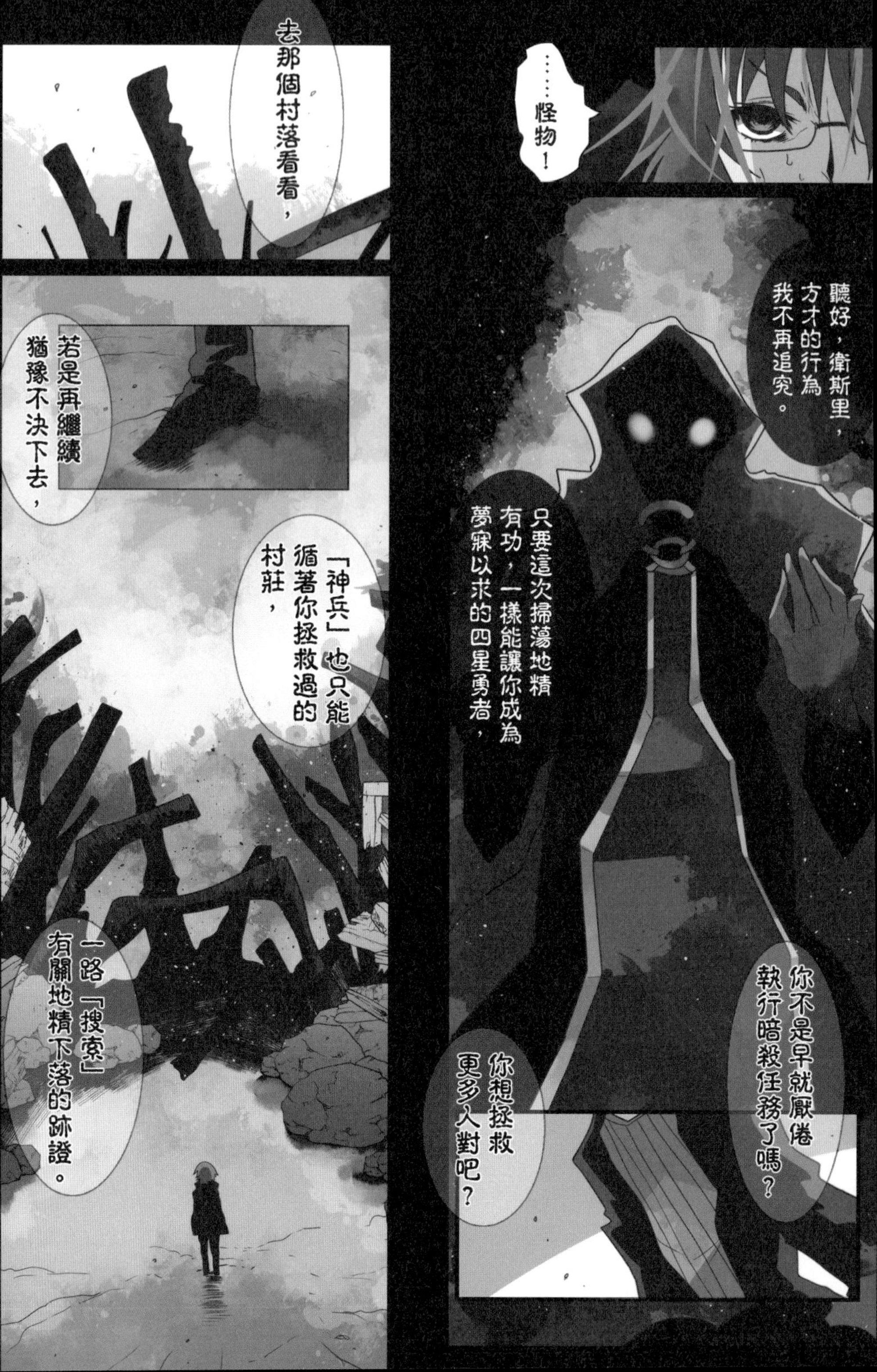
……怪物！
聽好，衛斯里，方才的行為我不再追究。
只要這次掃蕩地精有功，一樣能讓你成為夢寐以求的四星勇者，
你不是早就厭倦執行暗殺任務了嗎？
你想拯救更多人對吧？
去那個村落看看，
若是再繼續猶豫不決下去，
「神兵」也只能循著你拯救過的村莊，
一路「搜索」有關地精下落的跡證。

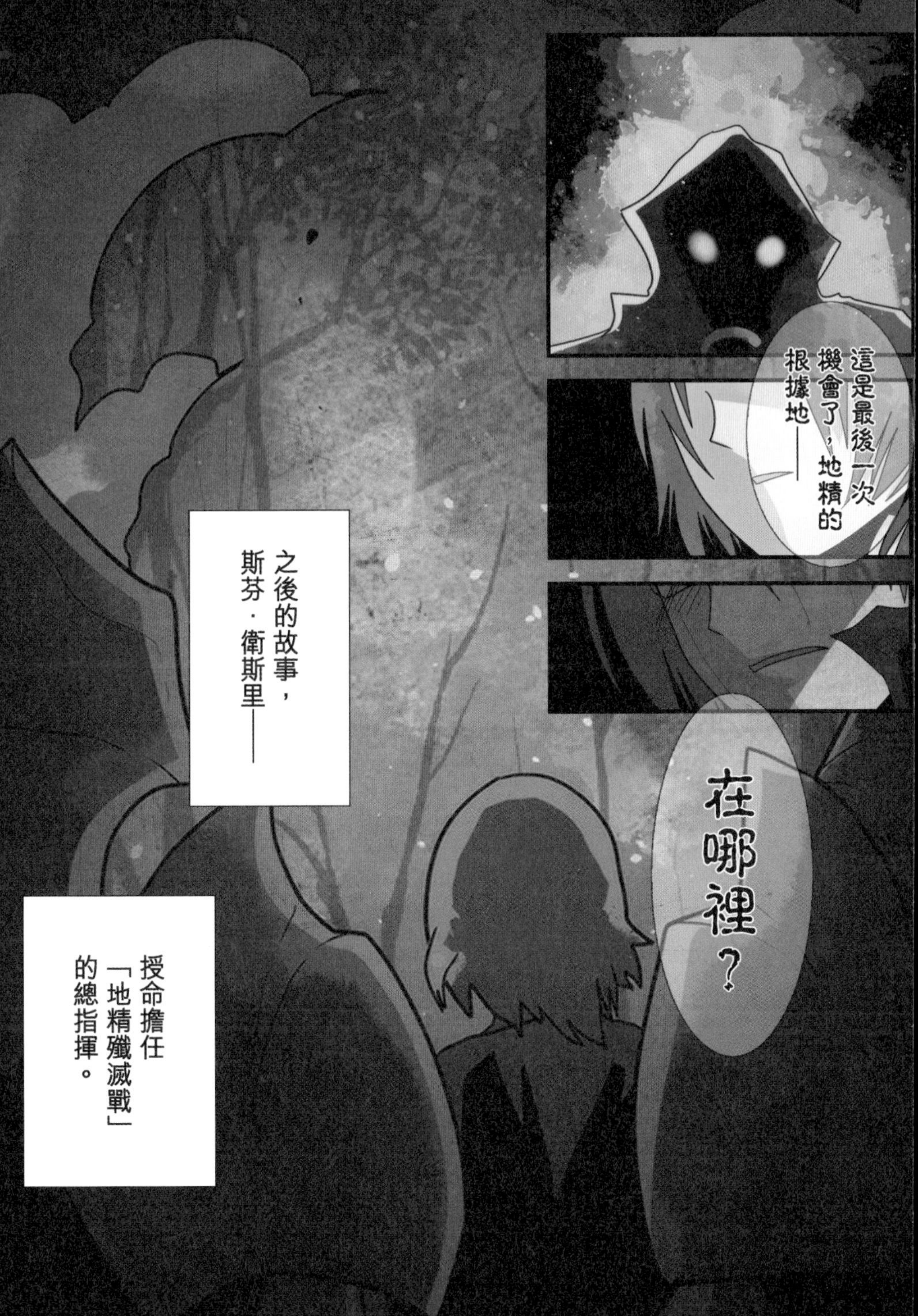
這是最後一次機會了，地精的根據地──
在哪裡？
之後的故事，斯芬·衛斯里──
授命擔任「地精殲滅戰」的總指揮。

在受到「神兵」監視的情況下，執行大規模掃蕩。
殲滅戰爭結束後，
因為「追蹤地精根據地有功」而受到表揚，
斯芬·衛斯里升任為四星勇者，

並擔任暗部總司令官一職。
榮耀、名聲、財富皆享之不盡，
也從此不必再執行暗殺任務。
但……

沾滿血腥的雙手，讓他再也無法救人了。

不久之後，斯芬與鄰國諸侯之女結婚並產下一子。
表面上看似令人稱羨的完美人生。
但斯芬．衛斯里卻從不曾抱過他的孩子，
一個月後，
啊啊啊啊啊啊！
轟——！
什、什麼？發生什麼事了？
隊、隊長！暗部司令他……！

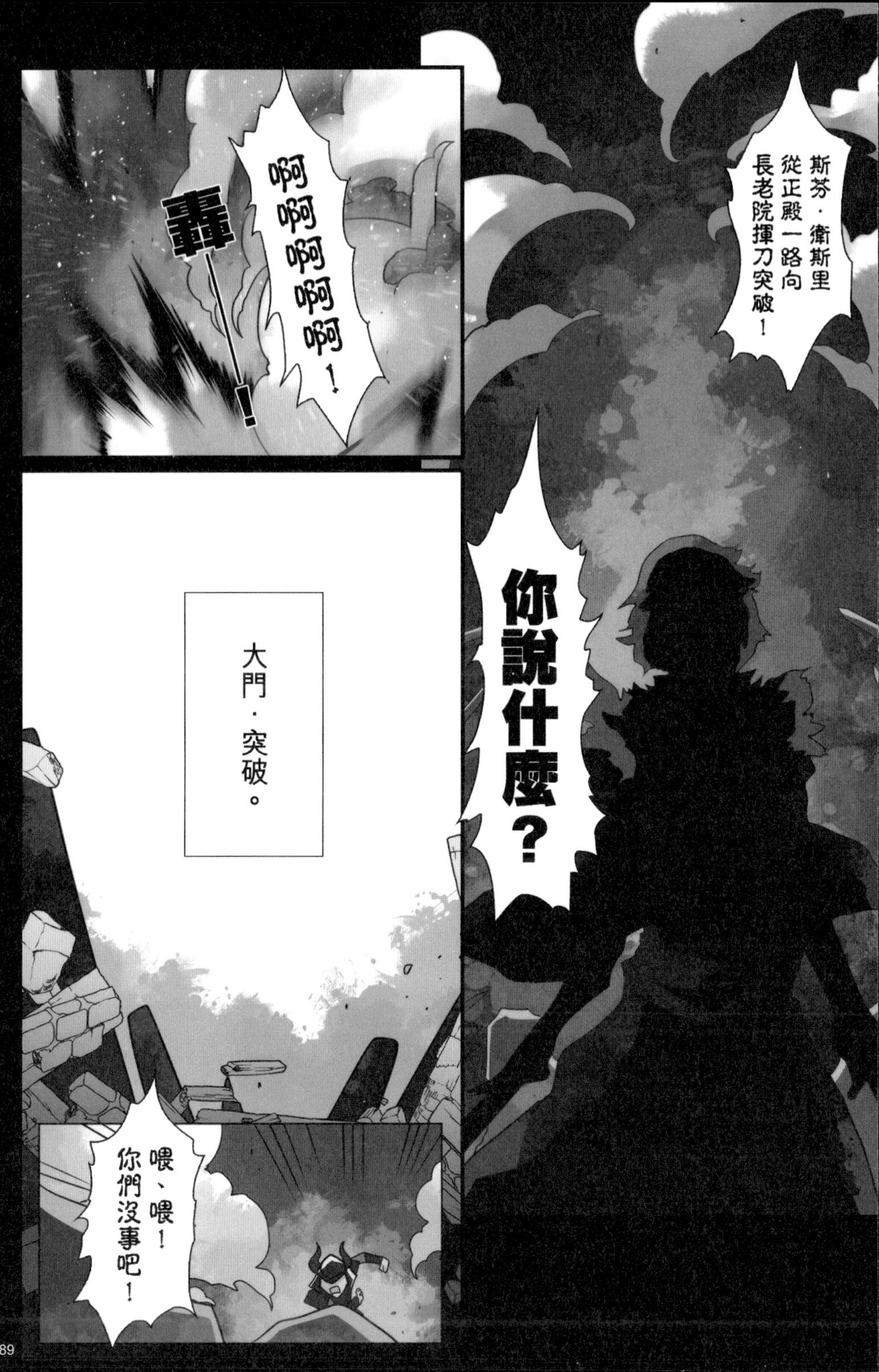
斯芬・衛斯里從正殿一路向長老院揮刀突破！
啊啊啊啊啊！
轟—！
你說什麼？
大門・突破。
喂、喂！你們沒事吧！

唔……！
好痛！
隊長！他們還有氣息！
都不是致命傷……面對大群精銳，居然還能如此游刃有餘？
可惡！
這就是我們這些凡夫俗子無法比擬……
四星勇者的壓倒性威力？
……為什麼？他如果想造反攻進長老院……
無聲無息潛入也是易如反掌才對啊？
笨蛋！
你沒看到那傢伙的表情嗎？
那是豁出一切，
尋求一死之人的眼神啊！

最後，斯芬
來到長老院前。
但下場如何，
卻從沒人提起。
……。
想必不敵長老們，
遭到處死了吧？
家族的恥辱，
最終遭到肅清。
真是可悲的
傢伙。

長老們，
都是人瑞。
總計超過300歲。

第5話 黃金龍的遺產
Seek

米爾，接下來的事態可能非常不妙，
快帶他們離開這裡。
……我知道了，
但是，歌布琳呢？
聽完剛剛那些，妳還打算跟我回去嗎？
……
我總算可以理解赫露要我來地上一趟的原因了。
我有很多事情要質問這傢伙，
這趟旅程，可不能讓它現在就劃下句點。

所以妳就帶著楠娜跟別希爾先離開這裡吧。
當初是誰叫我不要跟勇者們起衝突的呢？
這種八百年前的事情，我早就忘記了。
妳這固執的傢伙。
哼……
我、我也要留下來！
尼爾還在地牢裡面等著我去救他！
隨便妳吧。

我不想老是倚靠別人！
我要找到自己為何存在於此的理由！
……別希爾，坦白說我很好奇妳的身世之謎，
但很抱歉，如果妳留下來，也只會礙手礙腳。
等我們救出地牢裡的伙伴後，會回去找妳的。
……可、可是！
別希爾。
如果我們一直都在尋找「真相」，
總有一天會再見面的。

……！
別說了，別希爾，我們快撤退吧！
……喂，你們是不是會錯意了？
我可沒打算……
啪！
放過任何一人！
?!
太、太快了！障壁干涉力來不及發動！

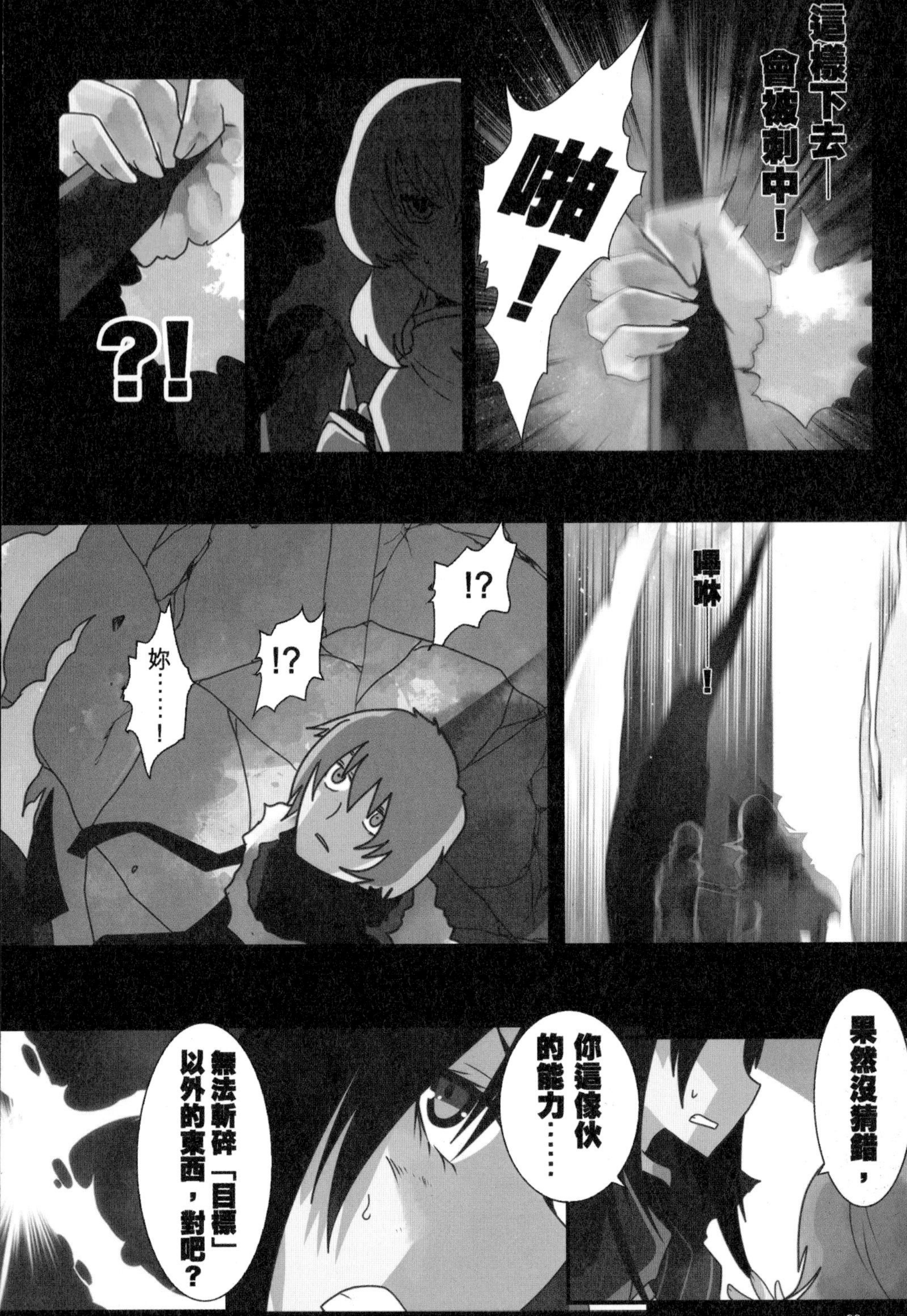
這樣下去——會被刺中！
啪！
?!
嗶咻——！
!?
!?
妳……！
果然沒猜錯，
你這傢伙的能力……
無法斬碎「目標」以外的東西，對吧？

以人類劍術來說，即使再優異，但能夠瞬間將厚重的盔甲四分五裂，也太不思議了。
仔細一看，攻擊目標都有著少見的魔法紋章。
以外的地方卻毫髮無傷。
你那驚人劍術，應該來自於※魯納文字。
※人類詠唱魔法必須的文字
我沒猜錯吧？
法夫尼爾。
……哼，妳還真是討人厭的傢伙。
能夠短時間內察覺這些的人可不多啊。

但……那又如何？
就算知道能力的發動條件，
我只要將魯納紋章布滿妳全身，
如此一來就不再有死角了。
快住手，那可不是你隨便能招惹的角色。
法夫尼爾・衛斯里。
……嘖，
是妳啊。

左大臣。
左大臣
王國最高參謀長
還有右大臣，連妳這傢伙也跟來了嗎？
右大臣
王國最高兵團長

怎麼可以用「傢伙」稱呼我們？真沒禮貌啊你！
啪！
好說歹說，身為五星勇者的我們也是你的長官啊！
啪！
啪！
啪！
啪！
啪！
啪！
煩躁
而且你又在鬧事了！
你的任務只有索沃克一人而已！懂不懂啊！
……不能解決她們，這是怎麼一回事？難不成你們也跟魔族有勾結嗎？
不要誤會了，
這位是「埃流得尼爾」的領主——赫露陛下。
沒有國王允許，誰都不能對她出手。

否則屆時若是引爆種族戰爭，你擔當不起的。
？？
傳說中的魔王──赫露？居然長得這麼呆頭呆腦？
呆頭呆腦?!還真是對不起喔?!
而且有關於黃金龍傳說的古本，
我們已經在索沃克的藏書館中取得了。
也就是說，我們沒必要節外生枝。
儘早返回王殿即可。
？？

……黃金龍傳說？
那是什麼？
什麼啊？最近盛傳妳跨越國境到地上來，
還以為妳是為了黃金龍的祕密才來的呢？
那裡可是這次王國的遠征軍隊，
即將要前往的……
啪！
言多必失，妳這笨蛋腦袋忘記了嗎？
對、對不幾窩太多嘴了！

你們兩個是王國的高階軍事官對吧？
真是踏破鐵鞋無覓處——
我要見你們的國王，
請幫我帶路吧！

想見國王？
真是惶恐，沒想到死國的領主會提出這樣的要求。
很遺憾，我的答案是「NO」。
?!

先撇開我身為王國最高參謀的身分不談。
站在人類的角度，是沒任何理由帶著一群魔族進入王宮。
等等！我可是要投降的耶！
誰會相信啊！白癡！
普天之下哪個魔王會這麼輕而易舉跟勇者們投降的啊！
就•是•我•啊！
不用白費唇舌了，想潛入暗殺國王並沒有這麼簡單。
給我專心聽別人說話啊啊啊啊！
附帶一提，每個國境關卡都有三星以上的勇者駐守，

面對二星勇者就變得像是一團破抹布的您，
雖然令我不解，但要突破關卡，想必很吃力吧？
就是這樣，如果您真的想見國王，應該還有很多種方法。
其他就請自行想想吧。
您可是「魔王陛下」吧？

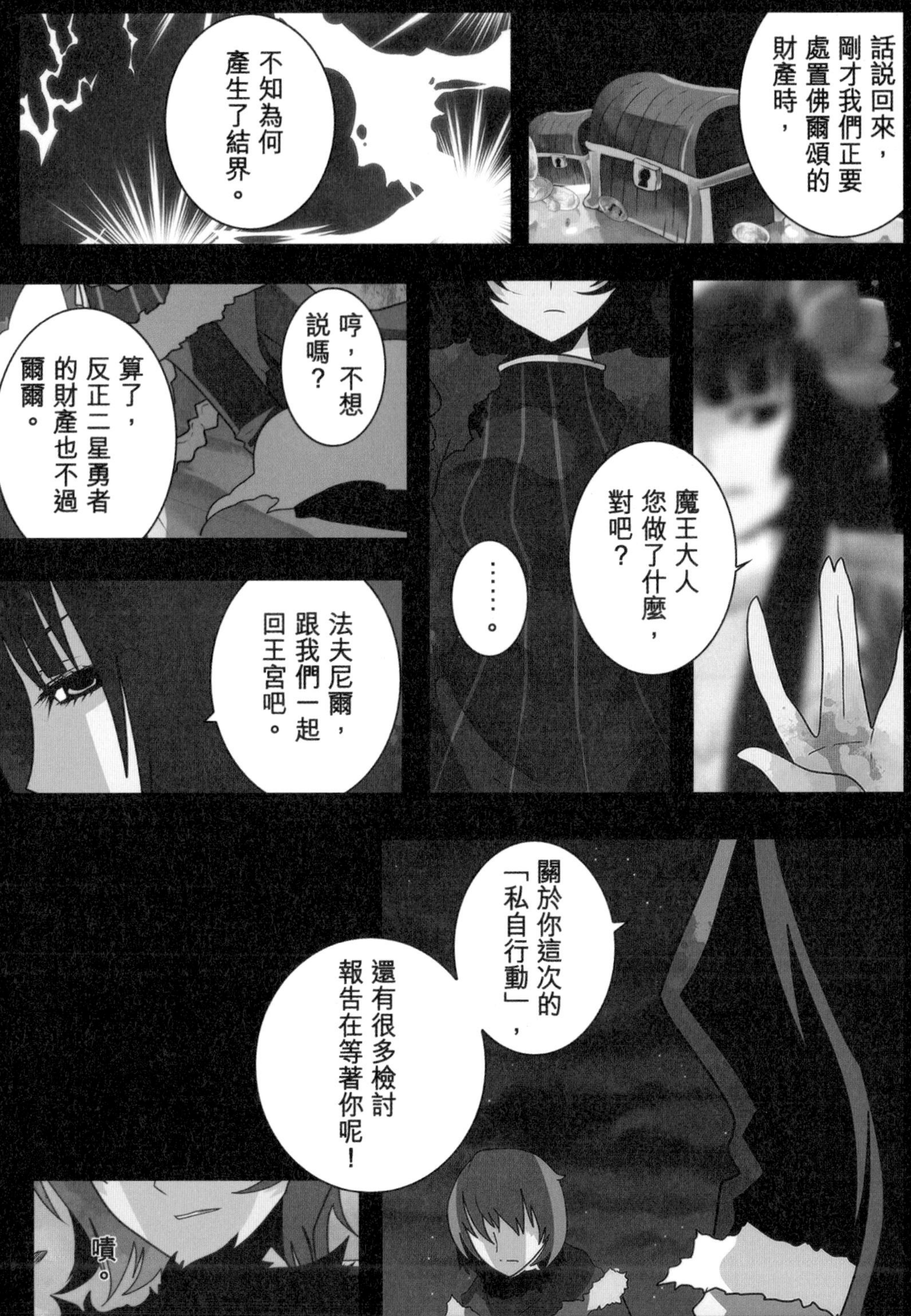

話說回來，剛才我們正要處置佛爾頌的財產時，
不知為何產生了結界。
魔王大人您做了什麼，對吧？
……。
哼，不想說嗎？
算了，反正二星勇者的財產也不過爾爾。
法夫尼爾，跟我們一起回王宮吧。
關於你這次的「私自行動」，
還有很多檢討報告在等著你呢！
嘖。

聽好，破抹布。
我們很快就會見面的，
在那之前，就提心吊膽的活下去吧。
可惡！
好不容易這麼接近王國高層……！
這下又得重新開始了。
雖然我本來就是要解放這裡的魔族，
然後大鬧一翻，引起王國的重視。

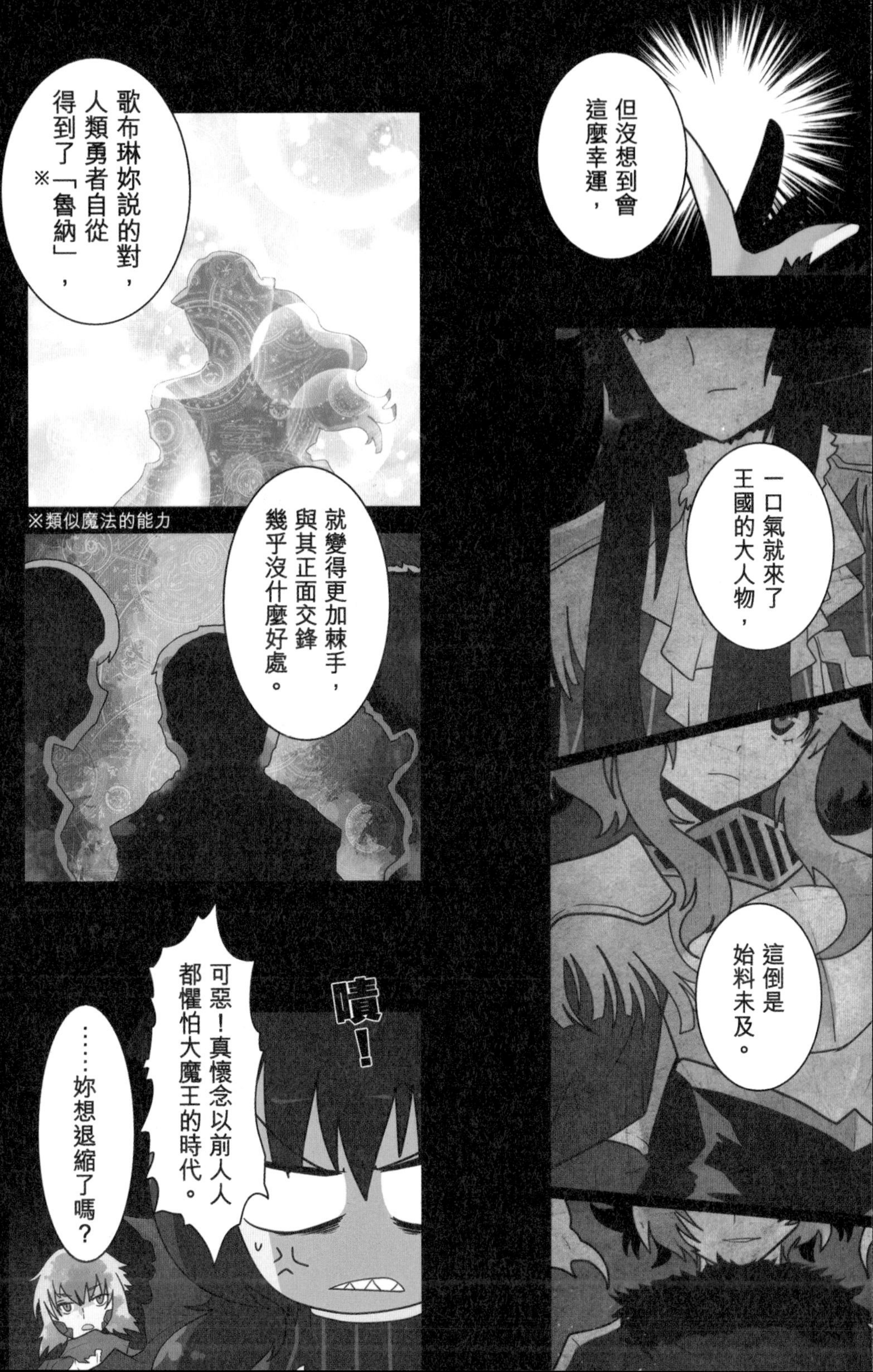
但沒想到會這麼幸運，
一口氣就來了王國的大人物，
這倒是始料未及。
歌布琳妳說的對，人類勇者自從得到了「魯納」※，
※類似魔法的能力
就變得更加棘手，與其正面交鋒幾乎沒什麼好處。
嘖！
可惡！真懷念以前人人都懼怕大魔王的時代。
……妳想退縮了嗎？

退縮？
開什麼玩笑，接下來我可是要更大鬧一翻呢！
等著瞧吧！

亡靈騎士沒事吧？
放心，這傢伙本來就是不死族，只要持續灌注魔力就不會死。
沒錯！只要核心還在，盔甲被破壞也就只是全裸的感覺而已。
呼哈哈哈哈！
閉嘴，性騷擾騎士。
話說回來，你們是怎麼逃出地牢的？
啟稟陛下，我們一邊接受殘酷的酷刑，
一邊四周搜索地牢的線索。
啊啊——！那真是個生死交關的艱難任務啊……想到就覺得可怕……！
是嗎？我還以為你被那些人類女性……
給服侍的不・亦・樂・乎呢！
啊啊被您看到了啊♥♥♥
快住手會壞掉啊啊啊♥♥♥

所以呢？既然你逃出來了，應該有一些收穫吧？
是的，除了在房間找到索沃克的女兒之外，還得到了地牢的鑰匙。
好了，事不宜遲，我們還是先去解放那些實驗體吧。
你就這樣把他女兒帶出來，
本來是想當作人質要脅的……

打開
你就是奈爾吧。
？
……妳是？
喀！
不要亂動。
赫、赫露陛下？
為、為什麼陛下會到這裡來？
鏘啷！
扯壞！
啊……很多原因啦，總之我有些疑問想問你。
疑問？
就是……

你知道別西爾是什麼人嗎？
？
我認識她母親，她曾拜託我尋找並照顧別西爾。
尋找？照顧？她人呢？
很不幸的，她已經過世了。
後來我追查了很久，才知道別西爾因為不明原因來到了地上，
雖然一路查到了索沃克的勾當，
但說來丟臉，屬下也被逮住關進了地牢裡。
……是嗎？辛苦你了，除了這些呢？
？
我就知道這麼多了，別西爾她怎麼了嗎？

不，沒什麼，
她現在平安回到埃流得尼爾了。
看來他不知道報喪女妖的事。
是、是嗎？抱歉麻煩陛下了。
我想先護送這些實驗體，回到屬於他們的地方。
你呢？接下來有什麼打算？
嗯……
這次真的非常感謝陛下，
之後若有需要幫忙，屬下會馬上趕來。
嗯，謝謝你。

好，那麼接下來該做正事了。
唔——！
正事？
特魯海盜棋勝利的報酬啊！♪

被人類殺死
的「惡魔」，
無法再次引渡
至魔界。

Devil Game——遠古惡魔的賭博遊戲，
本意是為了調解惡魔之間的紛爭。
最後擴大到其它種族與惡魔之間的對決。
勝者即得願望，敗者付出代價。
這是個簡單又殘酷的——「惡魔遊戲」。
第6話 今日，魔王成為勇者
Brave Test

也就是說……
索沃克的財富統統都是我的啦！
閃閃發亮
說起來海盜棋的確是大獲全勝。
剛剛那群人說寶箱被下了結界，
我想大概是貝德的魔力殘留著，
惡魔遊戲中贏得的東西，其他人是沒有資格取得的。
原來如此。

不知道一個二星勇者的財產有多少？
不清楚，不過看他們無所謂的樣子，大概不會太多吧？
「貪婪金錢箱」！
「敗北者」索沃克・佛爾頌所有財產——
回收開始！
轟轟轟

還真足足回收了一段時間呢。
我來看看有多……
少……
1,500,000,000 Blood Coin
十……
哈哈哈……
幻覺！幻覺！
一定是我太累……
揉眼
噗唧
1,500,000,000 Blood Coin
真的是十五億！
區區二星勇者怎會擁有這麼龐大的資產？
原來是真的，聽說這幾年……

職業勇者擁有國王配給的莊園、人民，相當於一方諸侯。
雖然若有戰爭，勇者們就是高風險職業，
但一般來說，在太平盛世，勇者是可以相當富有的。
呵、呵呵、呵呵呵呵……
？
？
我不當魔王了，一起去考個職業勇者吧。
給我住口，萬年貧窮魔王。

才不是貧窮魔王！
從今天起我就是擁有十五億的超級富翁魔王！
終於不用再吃方糖當作補給品！
路上遇到低等魔物，也不用再想著是否要抓來當糧食！
赫露一行人遇到了 蝸牛怪！
也總算不用拿路邊的樹枝當武器了！
赫露 裝備了 方糖。
我要靠這筆錢重新回到奢華的日子啦！
不對呦♠那些可是要拿來還債的喔，魔王大人♥
什什什什什麼？妳是什麼玩意？
完全沒有發現她的存在！
不用緊張，魔王陛下，
呼呼嘻……

我是債權惡魔結社的惡魔——「菲菲爾」。
專門在惡魔遊戲中，負責回收「債權」的惡魔，
跟貝德不一樣，她掌管「懲罰」，而我專門負責「強制回收」。
還請多多指教♥
我想起來了！當初為了遊戲公平才委託妳們這些惹人厭的傢伙！
畢竟若有惡魔耍賴不願意清償債務，我們可是會很困擾的♣
雖然很同情陛下，但還是請把錢交出來吧♥
哧！
妳是惡魔嗎啊啊啊啊啊啊？
就是啊！
轟轟

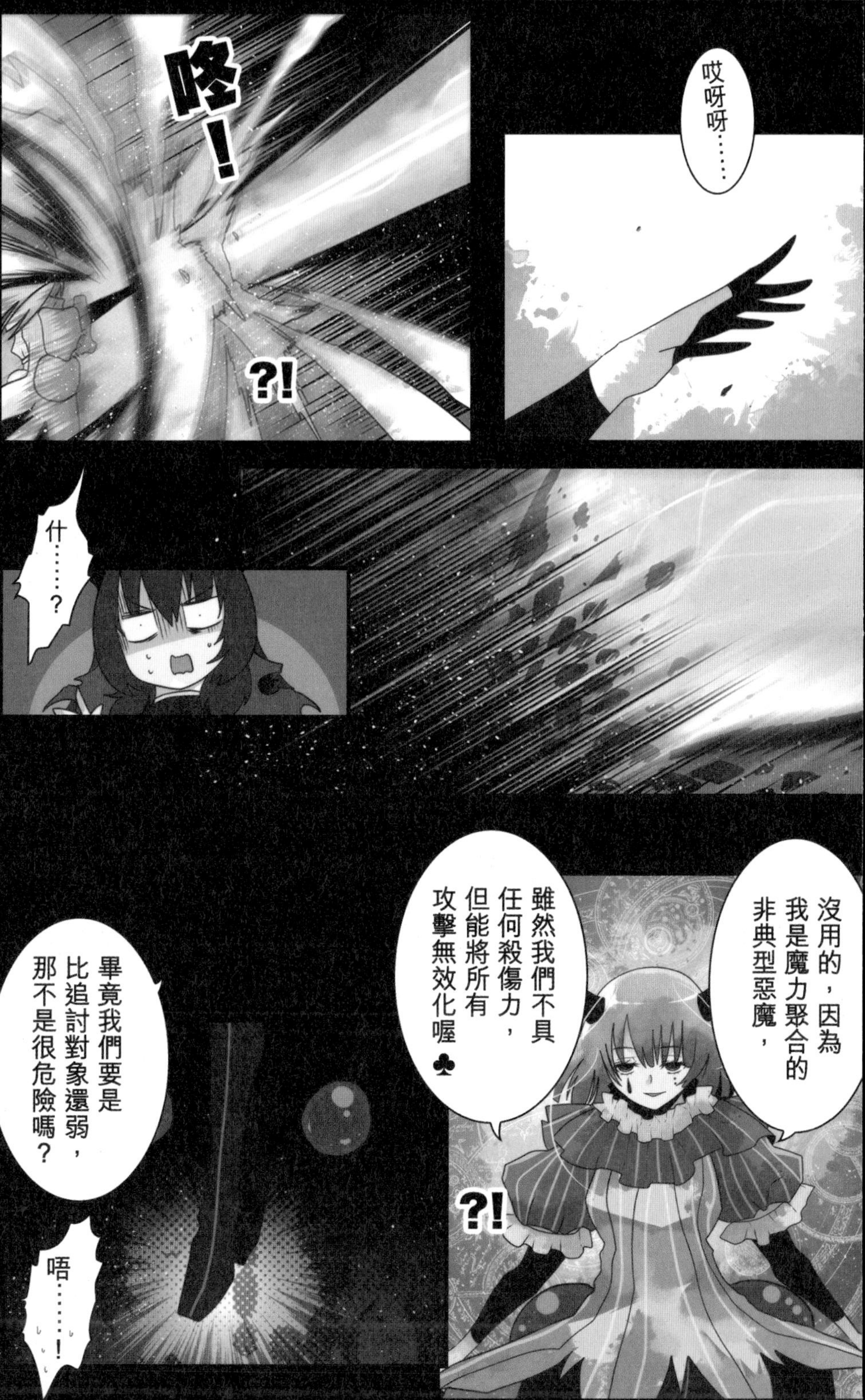
哎呀呀……
咚!
?!
什……?
沒用的，因為我是魔力聚合的非典型惡魔，
雖然我們不具任何殺傷力，但能將所有攻擊無效化喔♣
?!
畢竟我們要是比追討對象還弱，那不是很危險嗎？
唔……!

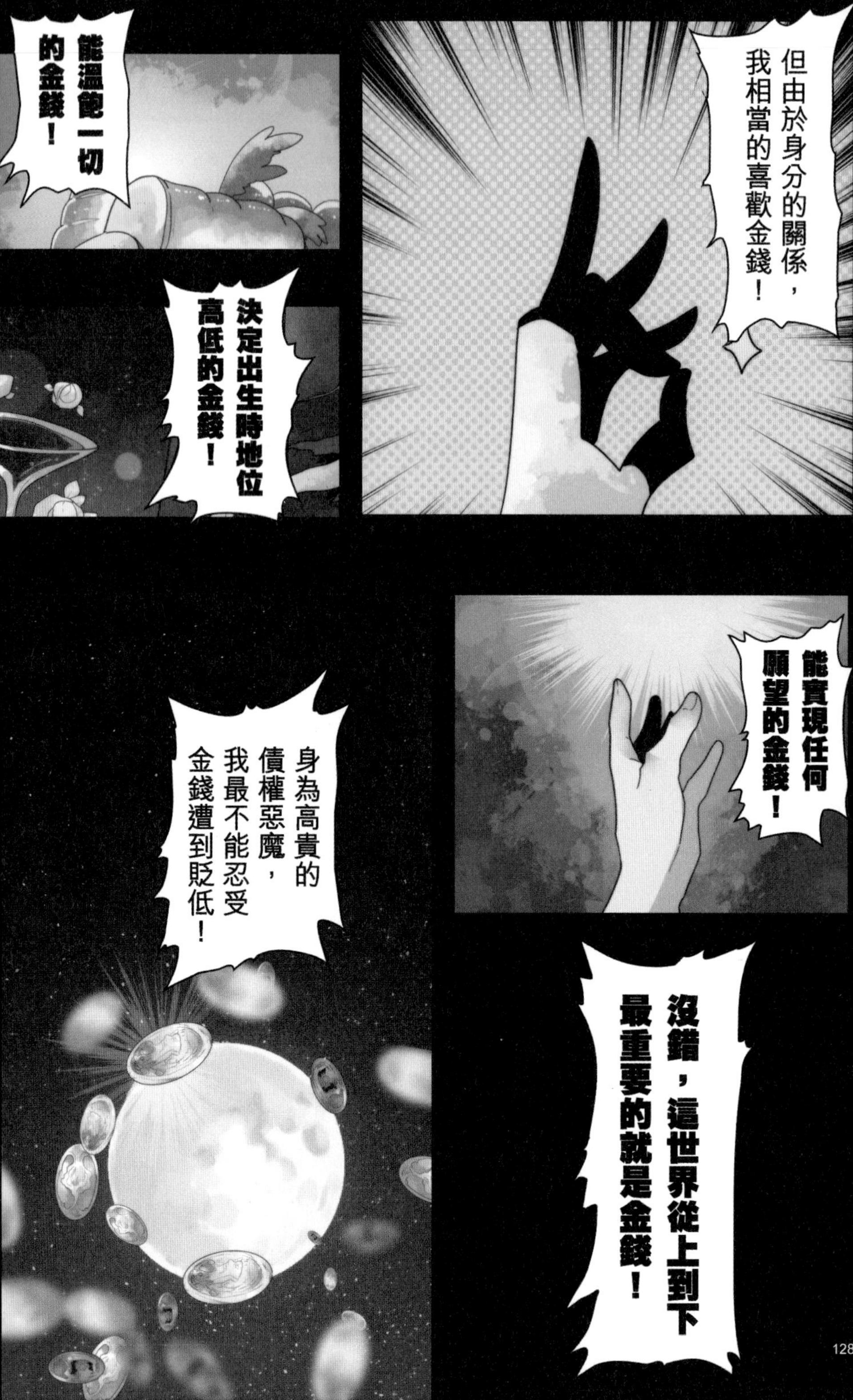
但由於身分的關係，我相當的喜歡金錢！
能溫飽一切的金錢！
決定出生時地位高低的金錢！
能實現任何願望的金錢！
身為高貴的債權惡魔，我最不能忍受金錢遭到貶低！
沒錯，這世界從上到下最重要的就是金錢！

所以如果用這麼重要的金錢攻擊我，
我肯定會受到非常嚴重的打擊吧。
這個就叫做心靈創傷！
快攻擊我
快攻擊我
呵呵……
呵呵呵呵……
你當我們是笨蛋嗎？這種蠢話有誰會信……！
Nice Catch!
果然是騙人的。
這時候妳這麼有
麼
！

故意的！妳是故意把十五億扔出去的對吧？
還清欠債才能拿回魔王該有的尊嚴呢。
比起尊嚴我更不想三餐方糖啊！
感謝魔王大人，您的十五億，本結社已回收完畢。
您剩餘的債務，我們將不定時強制向您追討。
等等等等等等等！
那麼，我們下次再會了♣
瞬間傳送
說了給我等等啊啊啊啊啊！
妳這混帳惡魔啊啊
啊！

把十五億還給我！
萬年貧窮陛下，接下來我們該怎麼做？
哼、哼哼……該怎麼做？那還用說……
妳聽過海鷗島鎮嗎？
你跟我……認真的，
去考個職業勇者回來吧。

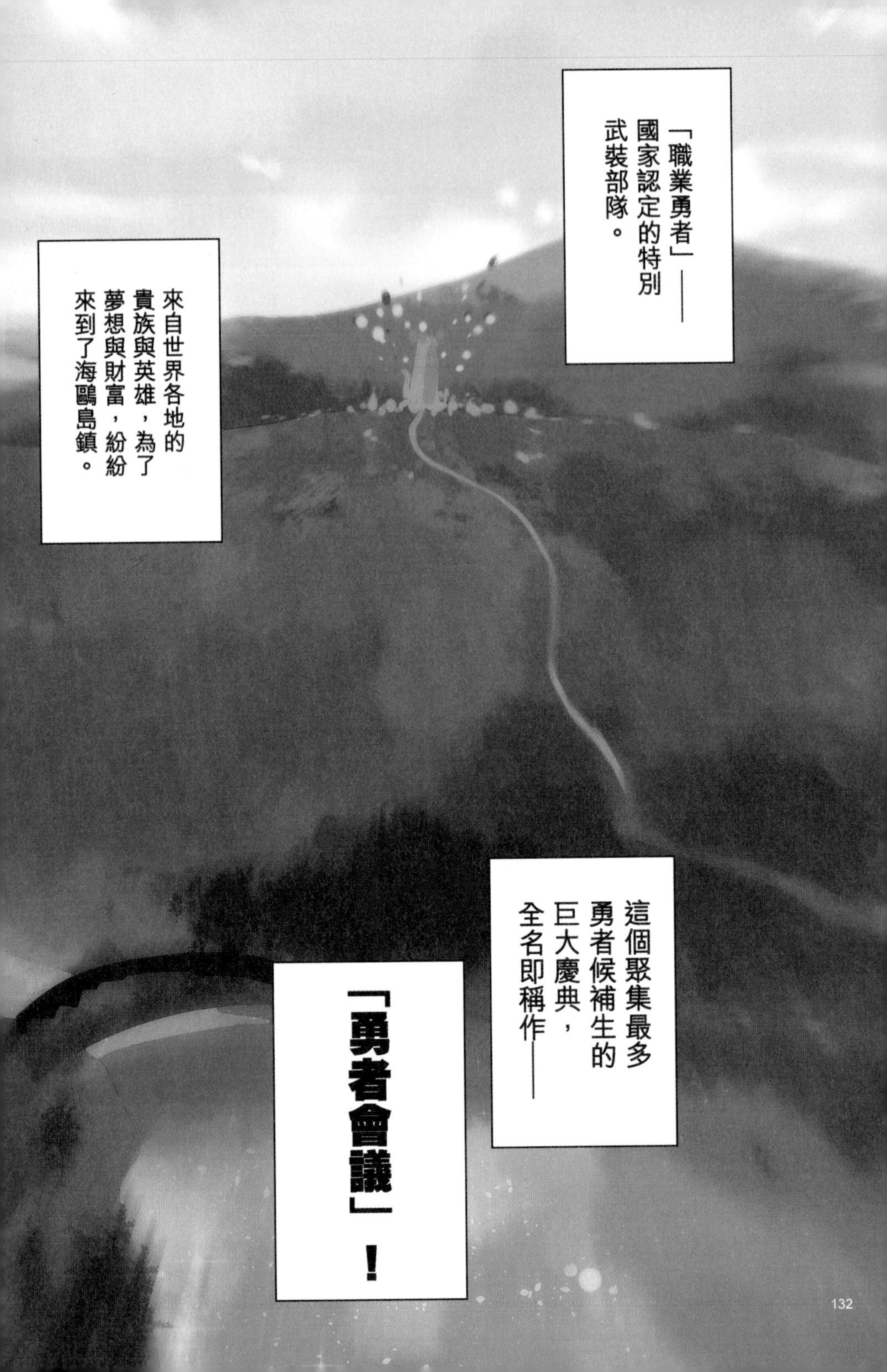
「職業勇者」——
國家認定的特別
武裝部隊。
來自世界各地的
貴族與英雄，為了
夢想與財富，紛紛
來到了海鷗島鎮。
這個聚集最多
勇者候補生的
巨大慶典，
全名即稱作——
「勇者會議」！

海鷗島鎮——
熱鬧
吵雜
吵雜
參加職業勇者考試……？陛下您是認真的嗎？
當然不是真的要去當勇者啦。
再怎麼說，也是堂堂一個魔王。

但是王宮這玩意，沒有人引薦根本進不去，
勇者會議看來對人類是很重要的慶典。
屆時說不定國王也會到這個主辦的城市來吧？
原來如此。
我已經盤算好，
就算國王沒來，只要我們成為職業勇者，見面的機會多的是。
嗯……這的確是個掩人耳目的好方法。
但目前連要考些什麼都不知道，該從何準備起？
嗯，雖然我覺得，
不外乎是考些戰鬥知識、魯納的操控……

但相關情報是少了點。
總而言之，我們去打聽一下吧。
熱鬧
熱鬧
喧嘩
戰鬥能力？魯納知識？
哈哈不不不，勇者考試從不考這些。
呃……咦？
等等！這樣我要怎麼準備考試？
怎麼？小姑娘你們也是來參加勇者會議的嗎？

每個會來考職業勇者的人，都有不凡的背景，
其他人更是各個領域的超級專家。
所以能考上的難度非常高呢！哈哈哈！
角落那個女的，是名門第三代當家「佩波邦」，
另一邊則是惡名昭彰的囚犯「圖特」，
規定沒有限制前科犯，所以他也能參加。
……居然能記得每個人的臉孔和名字，
大叔你還真是不簡單呢。

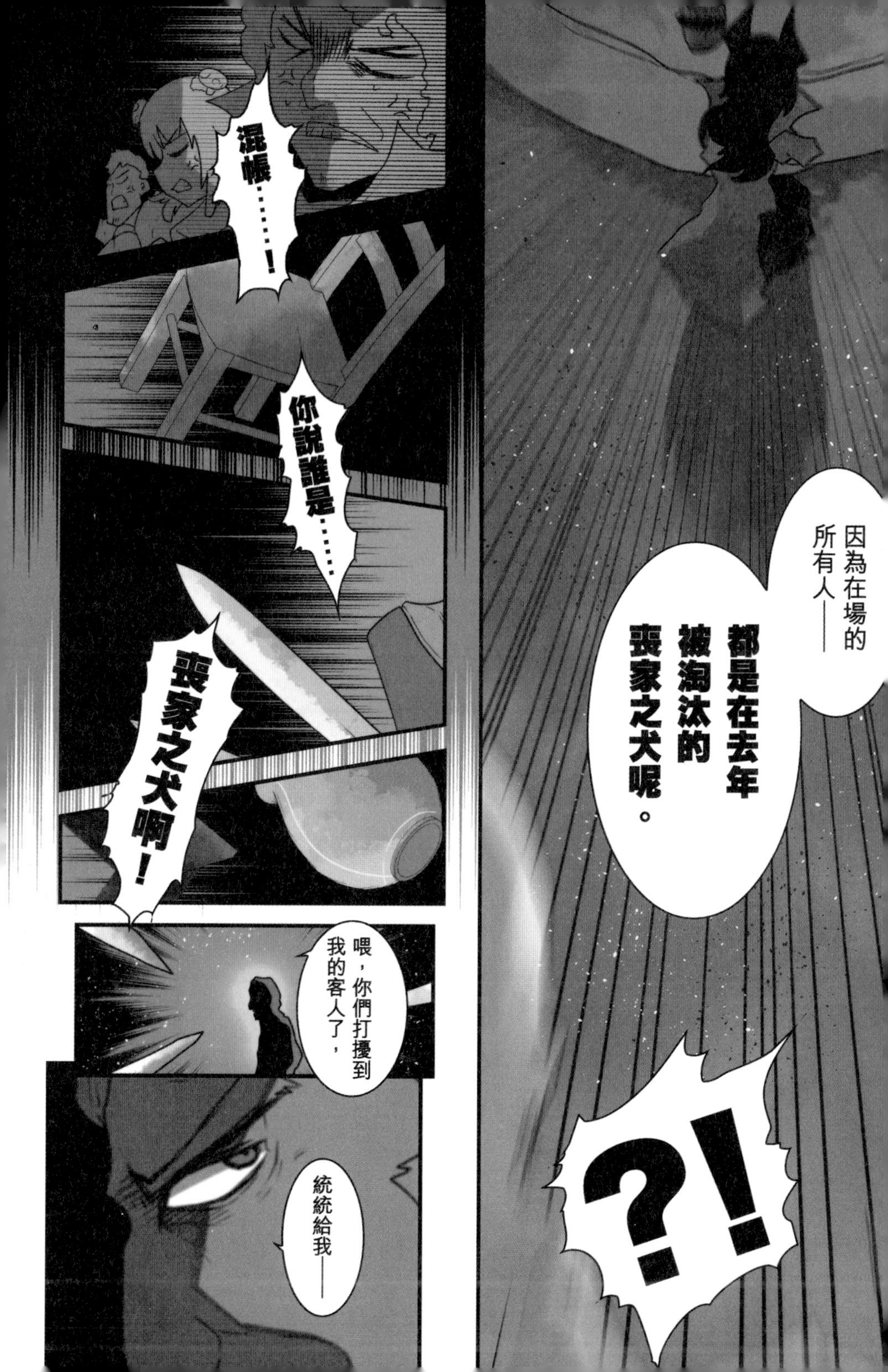
因為在場的所有人——
都是在去年被淘汰的喪家之犬呢。
?!
混帳……！
你說誰是……
喪家之犬啊！
喂，你們打擾到我的客人了，
統統給我——

坐下！！
轟啪——！
鴉雀無聲
……可惡！
……好痛！
該死……
大叔還真厲害呢，
用氣勢就讓這些傢伙倒地不起……
哈哈，這裡的人多少都吃過虧啦！
酒吧是情報收集與交換之地，
在這裡開店的老闆若不強悍一點，恐怕早就淪陷啦。

……你
是職業勇者對吧？
這就奇怪了，身為一個勇者，居然不知道勇者考試的題目？
呵呵，勇者考試每一年的題目都不同，
呵呵，觀察力真敏銳呢，但正確來說是「前·勇者」，
我現在只是個開開酒館，繳繳稅收的退休老人而已。
更神奇的是你無法從任何文獻、紀錄得知訊息。
我想大概是有白精靈使用記憶取代等魯納魔法吧？
……

這裡是很多職業勇者的根據地，
你可以在這邊交換情報，閒暇時喝喝酒也不錯。
這裡隨時歡迎各位準勇者們。
嗯……謝謝你。
然後兩杯酒總共一百基爾斯。
不可賒帳。
嗶咕！
史萊姆，那個……借我錢……
十分利息。
你狠！

……那個大叔的話，無法判斷真假。
我覺得他對情報保留了幾手。
倒是這傢伙到現在都還沒引起騷動，
人類的接受度還真廣啊……。
總之保險起見，三個人都報名吧。
嗯。
要參加職業勇者考試嗎？
那麼請在這裡登記名字。
赫露露。
卡布琳。
假名。
赫露……露……
那這位騎士先生呢？
盔甲。

……盔？
盔甲。
……我知道了。那麼報名表就算填寫完成了。
最後只要繳交每人五十萬的基爾斯保證金，五天後就可以參加考試了。
嗶咕。
啊哈哈……
十分利息。
你狠！

距離職業勇者考試開幕，還有五天。

魔王真好拐．
覺得興奮
在海鷗鎮

請尚未報名的冒險者們，儘快到中央大殿。
再重複一次！
熱鬧
勇者會議即將要開幕了！
吵雜
勇者會議對人類來說，似乎真的是一場盛事。
畢竟對他們來說，勇者是英雄的象徵，
還能保護他們免於被魔族攻擊。
呵呵，我們稱職的扮演反派角色呢。
以立場來說，這也是當然的事。

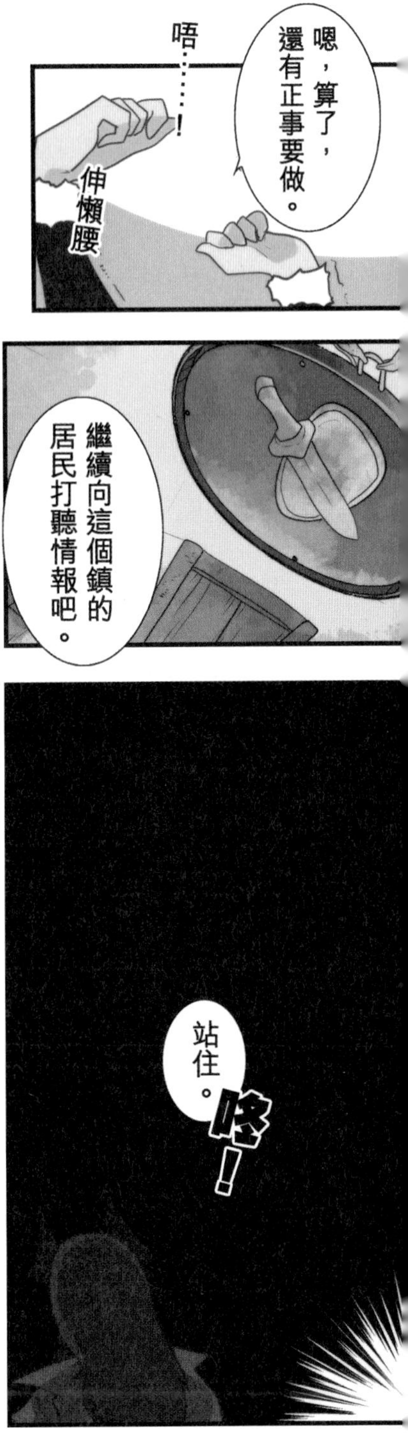
嗯，算了，還有正事要做。
唔……！
伸懶腰
繼續向這個鎮的居民打聽情報吧。
站住。
咚！

第7話 維京海盜遊戲
Vikings Game

剛剛在酒吧就注意到妳們了。
也是來參加勇者會議的吧？

是又如何？
哈哈哈——
拔刀
很遺憾，這下得請妳們，
退出考試了。
不然這把鋼刀可能得劈碎妳幾根肋骨。

哈哈，出現了！
開賽前鎖定看似比自己弱的傢伙，
再讓競爭對手無法出賽、主動棄權。
咚！
嘀咕什麼呢？
嘻嘻嘻！
給個忠告。
來參加的人，每個都是各領域的佼佼者，
憑妳們是不可能過關的。

說得也是，對不起！
淚眼婆娑
我們其實連勇者考試考些什麼都不清楚，
只是糊里糊塗來報名參加。
像你們看起來這麼厲害的人，一定多少知道一些吧？
太假了！
哼呵呵……
抓住手腕
!?
很遺憾，我們也不知道考些什麼，但是競爭對手少一個是一個，
快離開海鷗島，

不然休怪我們……！
唉呀呀……
果然不知道，
還是在浪費時間嘛。
什……？
?
碰——！
嗚喔喔！

?!
妳……妳妳妳……
妳這傢伙作了什……?
刺入！
啊啊啊啊啊啊啊啊啊！
蠢貨，憑你們是考不上勇者的。
離開這個城鎮，滾出我們的視線！
否則下次就要你們狗命。
嘻嘻嘻嘻嘻！

呼嘻嘻！妳們也是要參加考試對吧？
來過兩招吧！
如果不棄權，我只好動手了。
我的孫子……也準備去考勇者呢……
咳！
咳！
所以求求妳們退出……不、不然……
咳！咳！咳！咳！咳！咳！
拍背
啊啊……真是不好意思啊……
哈哈哈哈哈！
所以完全沒得到有用的情報啊！
我就說沒這麼簡單吧。
嘖！
天快黑囉，我覺得你們必須先解決住宿的問題，
啊，我忘了妳沒有錢。
囉唆。

的確是該考慮一下住宿問題……
可是……
咚——！
……？
這是？
維京人海盜？
沒錯，那是我以前放在店裡給客人玩的東西，
不過已經很少使用了。
然後呢？
我們，來下個賭注吧。
妳勝利的話，我就負擔你們勇者考試期間，待在這裡直到離開的所有餐宿費用。

哦……？輸的話呢？
這個嘛……
穿著女僕裝！
到大街上宣傳這間酒吧，幫忙招攬生意如何？
……嗚哇，不敢恭維的惡趣味。
哈哈哈！但是妳不會拒絕對吧？
有趣，來玩吧！
這個叫維京人海盜的玩意。

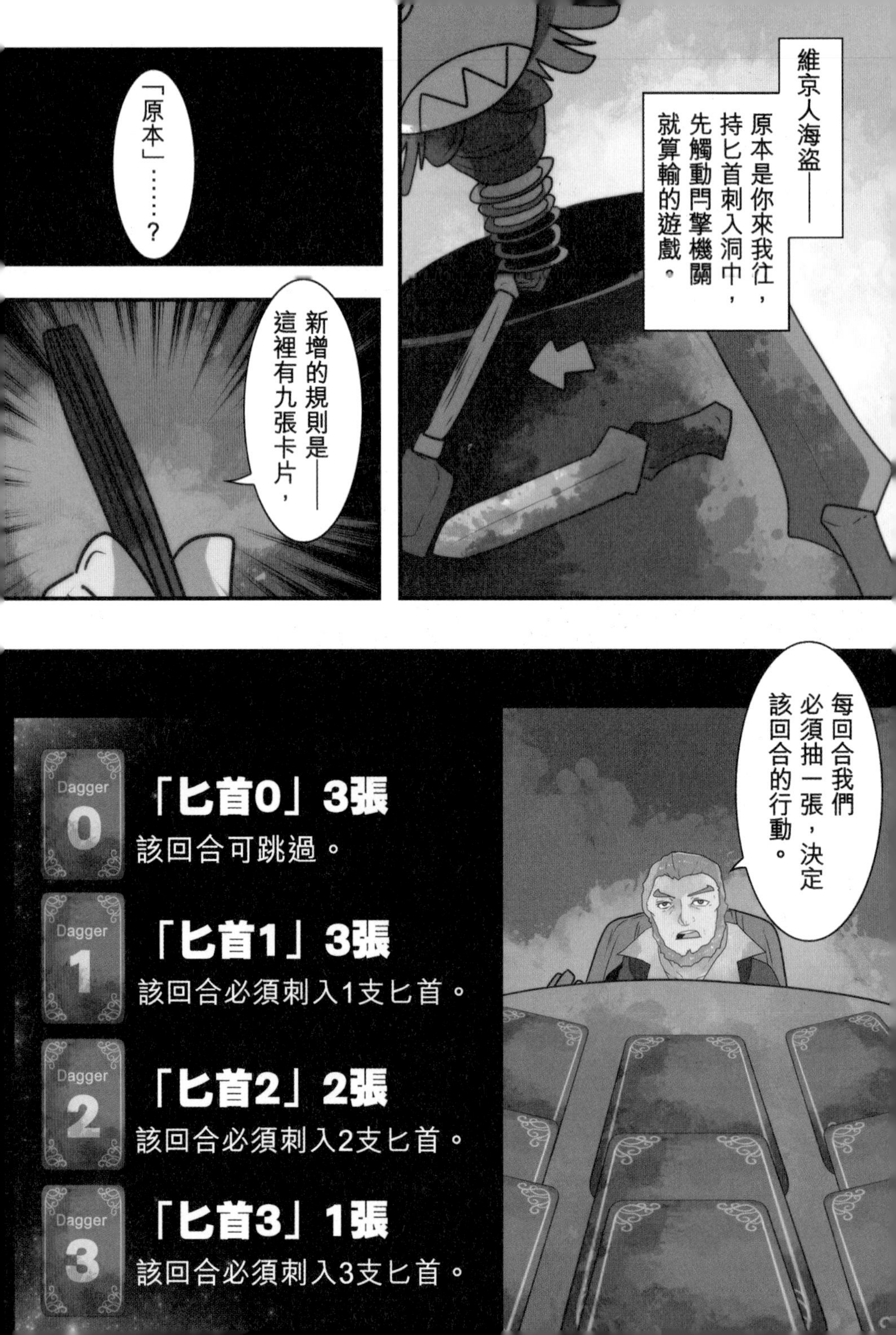
維京人海盜——
原本是你來我往，持匕首刺入洞中，先觸動鬥擊機關就算輸的遊戲。
「原本」……？
新增的規則是——這裡有九張卡片，
每回合我們必須抽一張，決定該回合的行動。
Dagger 0
「匕首0」3張
該回合可跳過。
Dagger 1
「匕首1」3張
該回合必須刺入1支匕首。
Dagger 2
「匕首2」2張
該回合必須刺入2支匕首。
Dagger 3
「匕首3」1張
該回合必須刺入3支匕首。

沒問題的話，就驗個牌吧。
挺有趣的。
咚
我檢查過，沒有問題。
原來如此，在原有的遊戲規則下，
增添一些風險嗎？
呵呵，那就好。
?!
……作弊。
咦？
那傢伙偷偷在特定角度動了手腳……
小聲
咦？

直接在牌上作記號的手法雖然粗淺，但這時卻相當有效。
而且每張牌都做了些微不同的記號。
那還不趕快舉發這傢伙？
笨蛋，這種粗淺的手法會有效就在於沒有直接證據。
小聲
不知赫露陛下是否有發現……
不，應該說一定得察覺到對方作弊這件事。
否則這場賭注，將困難重重。

維京海盜遊戲開始

那麼，這場賭注就由我們館內的酒保擔任裁判。
吵鬧
喧嘩
請多指教，赫露露小姐！
遊戲的第一局就從巴繆老闆開始，可以嗎？
……無所謂，這遊戲先攻也不見得有利，
快開始吧。
還真豪爽啊！那麼我就恭敬不如從命了。
「匕首1」！
Dagger
1
嗯……不錯的開局呢。

假設赫露陛下有察覺到這些，
沒被作記號的，很容易就能知道是什麼牌，
不過那也要……
赫露陛下真的有察覺到才行。
咚！
酒館老闆回合，過關。
哈哈哈！也許下一回合輪到妳就分出勝負了呢！
……不勞您費心。

不論是拚上身家的沒品味賭博，
還是賭上性命的惡魔遊戲，
我都不會蹩腳到輸給你們這些傢伙。
……
那麼，這回合由赫露露小姐抽牌！
咕嘟……
她抽到的是——！

「匕首3」！
唉呀呀
運氣真差♥
跌倒！
哈哈！檯面上最危險的牌一下就被妳抽走了呢！
看來這下子勝負已定了！喔哈哈哈！
這個不勞您費心。
拿起
——滋咚！
赫露露充滿自信一口氣刺入三把匕首的結果——
過關！
赫露回合，過關。
剩餘孔洞：6
幸運的躲過第一回合！太不可思議了！
好啊！

收回前言，小姑娘妳的運氣還真不錯呢……
託您的福♥
接下來是巴繆回合，
「匕首1」。
Dagger
1
巴繆毫不猶豫直接將匕首刺入桶中！
酒館老闆回合——過關。
接下來是……五分之一的機率。
只要這小姑娘沒有抽中我的王牌……
赫露第二回合——抽中了「匕首2」。
嘖！

完了完了……五個孔洞要插入兩支匕首，要贏根本不可能……
……赫露這傢伙，真的沒有察覺到嗎？
小姑娘，這次的賭注，對我個人而言是沒什麼損失，
？
但「賭博」這玩意就跟美酒一樣，
這麼令人血脈噴張。
……放心吧，
賭博只是個沒品味的過程，
要玩就要「贏」，事到如今可沒有投降不算數這種事喔！
在遊戲中，華麗的擊破你所構築的鋼鐵柵欄，

咚——！
過關了！太不可思議了！
在僅剩五孔的情況下，居然沒有觸動門擊！
……嘖！
對我來說，才真的令人無法自拔。
接下來只剩三個孔……
情況對我有利。
剩下的「匕首2」、「匕首1」只要讓這小姑娘抽中……

勝負就幾乎決定了。
巴繆再次抽中「匕首0」，順利跳過這個回合，
Dagger
0
情況再次對赫露露小姐
三個孔洞！只要抽中一張「匕首2」或「匕首1」，
比賽就幾乎宣告結束。
簡直就像事先動了手腳一樣。
哈哈哈哈！抱歉我的運氣真是太好啦！
真的呢！

……我不懂你的意思。
不懂無所謂，但我要開始反擊了。
「匕首0」！
赫露露小姐也非常幸運的抽中「匕首0」！
唔！
酒館老闆肯定不會輕鬆讓赫露拿到他最後的王牌。
赫露開始利用對方作弊反將對方一軍。
果然有察覺到嗎？
別高興太早，危機尚未解除。
可惡……我剩下的最後一張「王牌」，
如今卻讓我綁手綁腳。

我就算使用了「匕首1」，刺中鬥擊的機率還是太高了，
而且萬一讓小姑娘抽到「匕首0」……
……畜生！
「匕首0」！
最後緊要關頭！巴繆老闆再次活了下來！
Dagger
0
酒館老闆回合，過關。
剩餘孔洞：3

吆吆吆……三張王牌都用光了，
接下來剩下一張「匕首1」，一張「匕首2」，
下一回合只要我過關，老闆您就輸了呢。
喂！口氣也太大，這可是僅存的三個孔喔……
要想不刺中機關，妳知道機率有多低嗎？
呵呵……說得也是。

赫露露小姐回合！
她抽中的牌卡是——
「匕首1」！
Dagger
1

只要沒有觸鬥擊機關就算贏了！
可惡！
勝利竟站在誰那一邊呢？
刺中……！一定要刺中！
那麼！就請赫露露小姐完成這一回合！

吵雜
喧嘩
喂！老闆！我們的酒呢？
好！馬上來！
咚！

五十基爾斯，不接受賒帳。
遊戲——敗北？
待續……

S開発三昧
番外篇！《負債魔王》內幕紀實！②

千呼萬喚！《負債魔王》第二集上市啦！
太好了呢。
不過前任編輯莎拉也在製作途中離職了。
妳一定很捨不得我對不對？
完全不會呢。
別嘴硬了！我這麼天真又可愛！
你要不要去照照鏡子呢？
要記得偶爾回來S我！
也要買第二集喔！
祝莎拉一切順利。

前任編輯莎拉，對作家是完全信任制。
就是放任作家亂來。
啊哈哈哈
不過當你沒有準時交稿，亂來的就是莎拉。
則是非常盡責的鞭子派。
交稿時——
收到了，謝謝。
拖稿時——
你有被五零機槍掃射過嗎？
上鉤拳（物理）。
鞭子（物理）。
轟炸（心靈）。
交得出來嘛。
我真心覺得出版界需要妳這樣的人才。

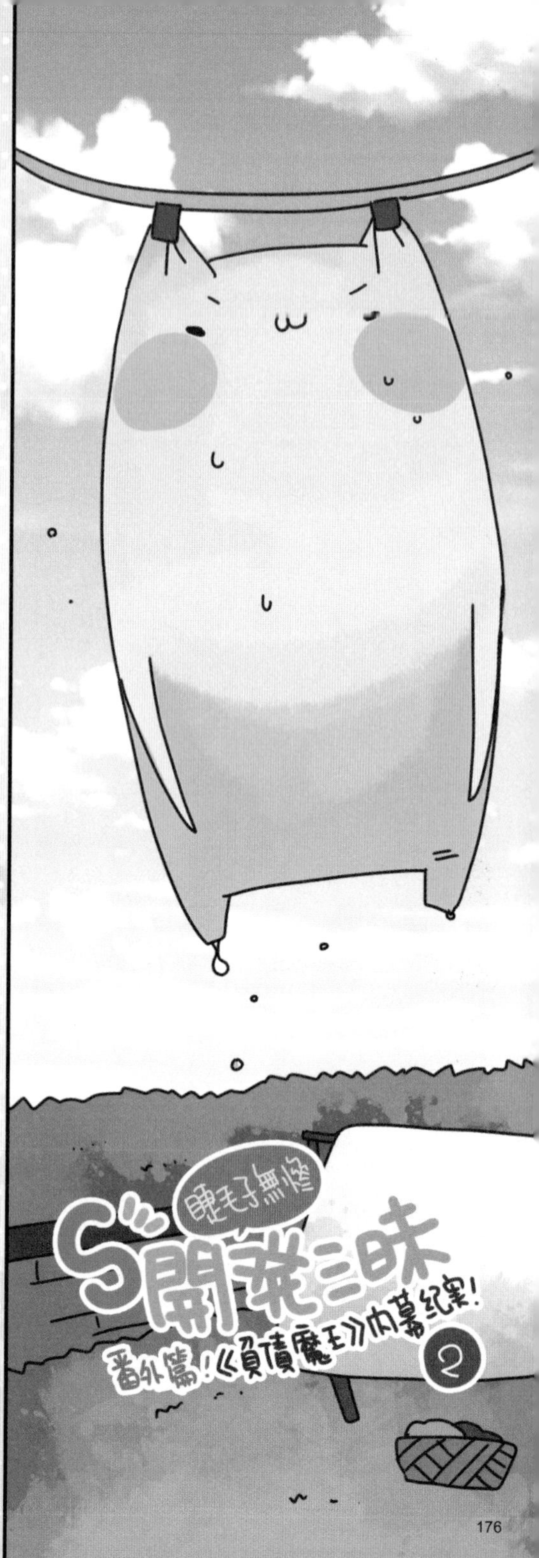
睫毛子無修
S開発三昧
番外篇！《負債魔王》內幕紀實！
2

關於《負債魔王》第一集的二三事。
好多朋友都一口氣買了三、五本以上，甚至十本！
超感謝！
甚至還曾經有朋友表示……
我過年想買個一百本送客戶。
真的假的！
一百本耶！真是超大手筆的！
過了幾天。
客戶說，過年送「負債」魔王好像……不太好。
也是呢。
不吉利。

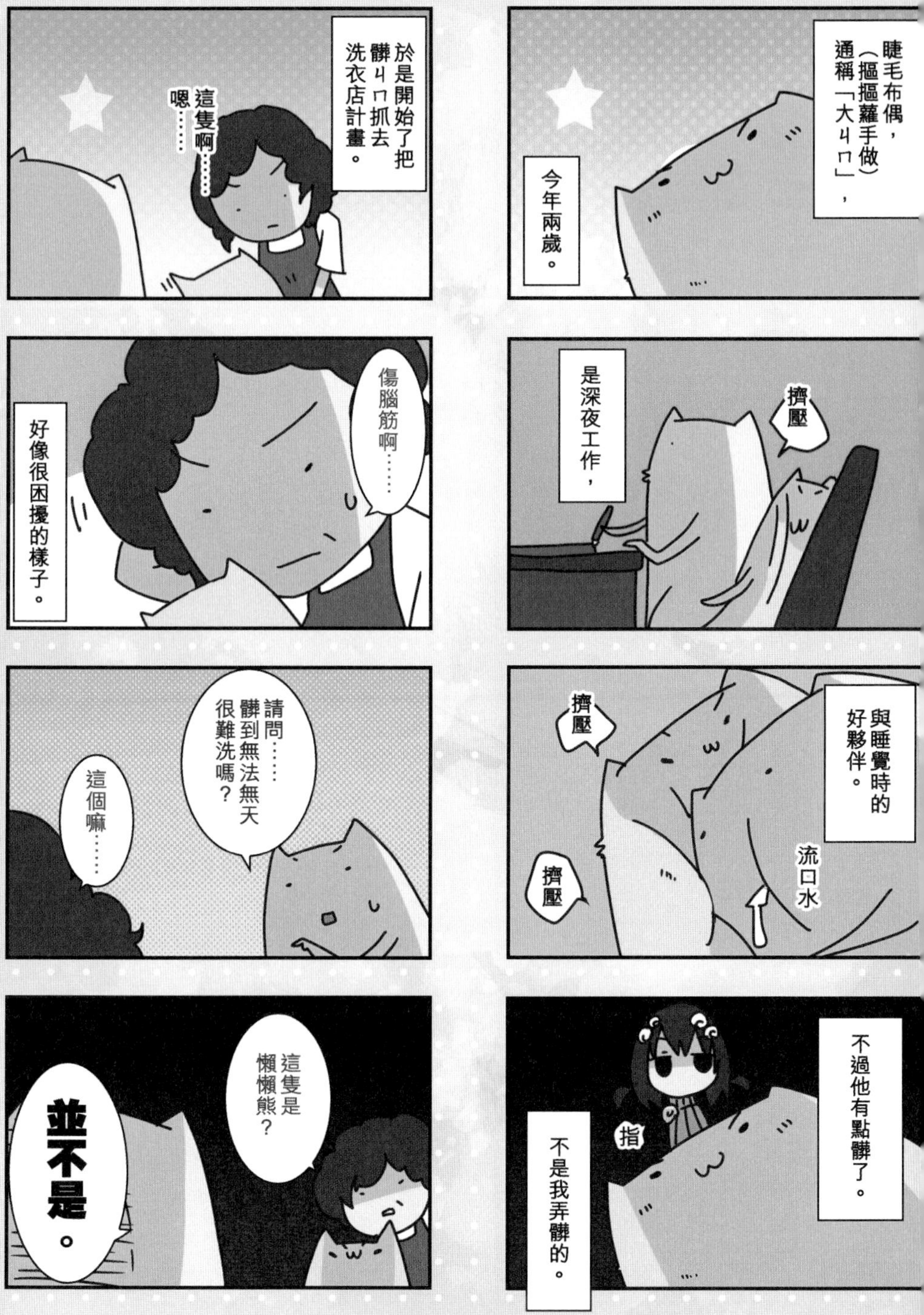
睫毛布偶，（摳摳蘿手做）通稱「大ㄐㄇ」，
今年兩歲。
是深夜工作，
擠壓
與睡覺時的好夥伴。
擠壓
擠壓
流口水
不過他有點髒了。
指
不是我弄髒的。
於是開始了把髒ㄐㄇ抓去洗衣店計畫。
這隻啊……嗯……
傷腦筋啊……
好像很困擾的樣子。
請問……髒到無法無天很難洗嗎？
這個嘛……
這隻是懶懶熊？
並不是。

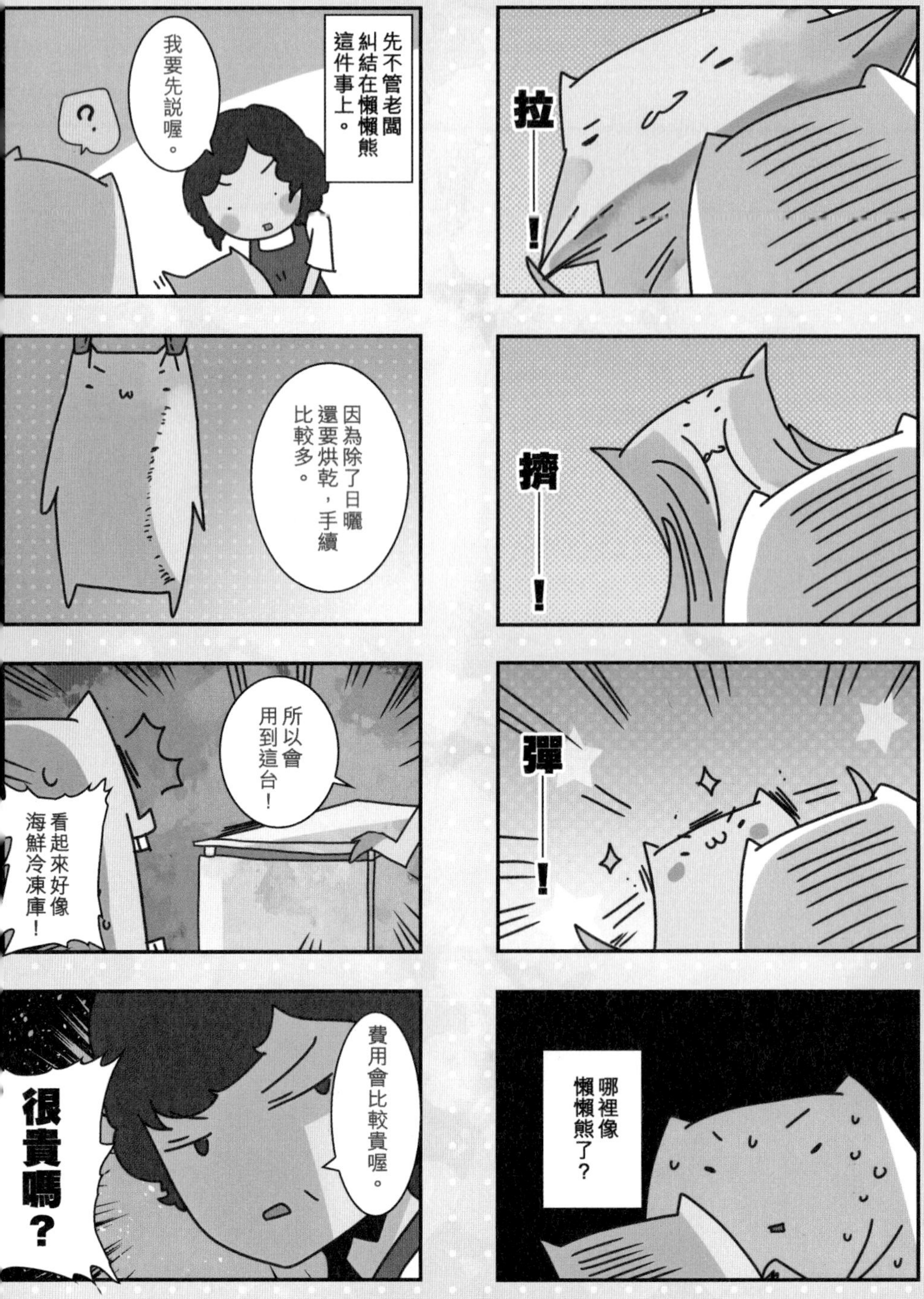
拉——！
擠——！
彈——！
哪裡像懶懶熊了？
先不管老闆糾結在懶懶熊這件事上。
我要先說喔。
？
因為除了日曬還要烘乾，手續比較多。
所以會用到這台！
看起來好像海鮮冷凍庫！
費用會比較貴喔。
很貴嗎？

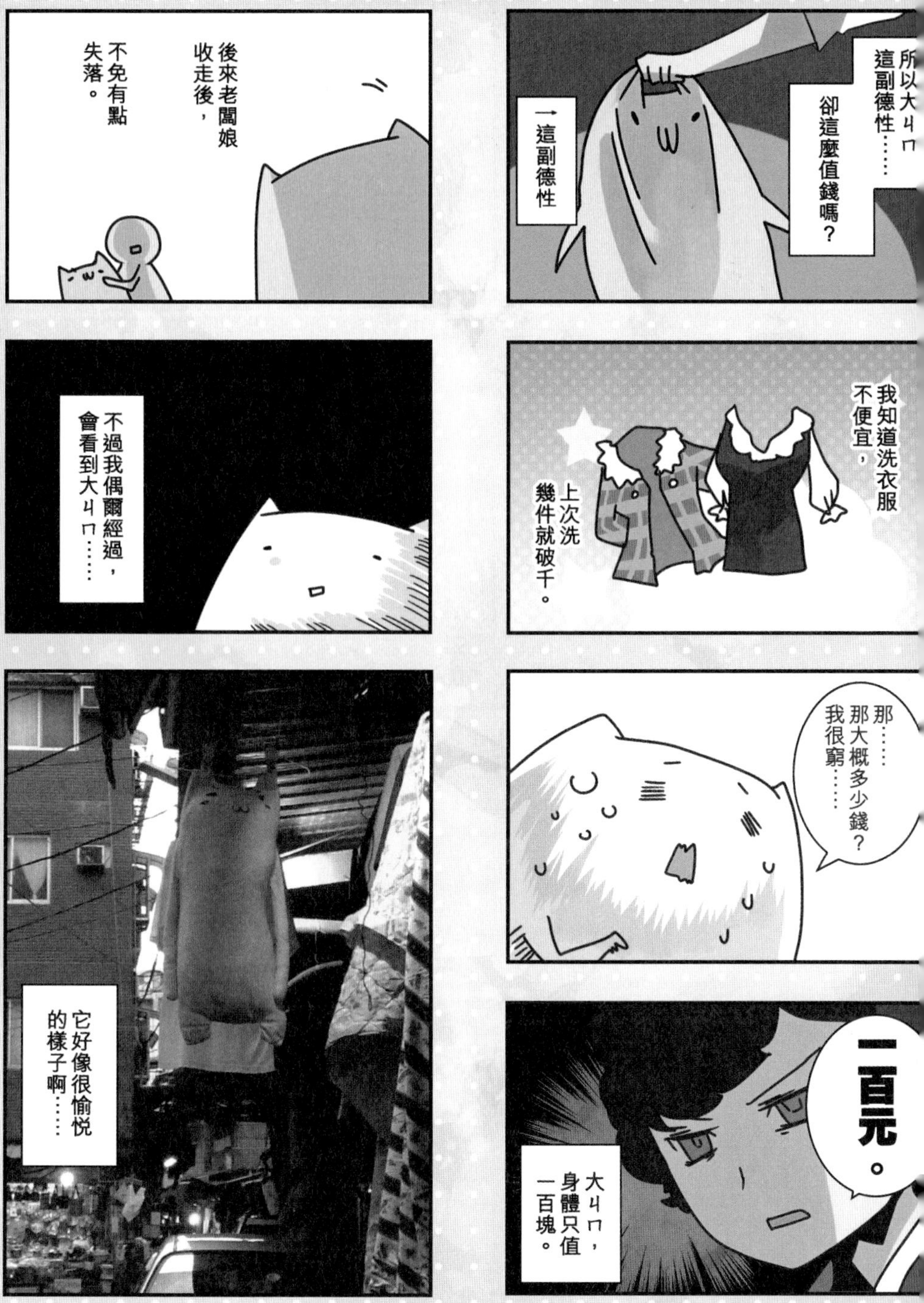

所以大ㄐㄇ這副德性……
卻這麼值錢嗎？
一這副德性
我知道洗衣服不便宜，
上次洗幾件就破千。
那……那大概多少錢？我很窮……
一百元。
大ㄐㄇ，身體只值一百塊。
後來老闆娘收走後，不免有點失落。
不過我偶爾經過，會看到大ㄐㄇ……
它好像很愉悅的樣子啊……

COMICO
睫毛子無修
番外篇!《負債魔王》內幕紀實!
2
自從專職畫圖後,每天畫圖時間約十三小時。
每日休息時間則是睡前兩小時。
休息了?
這時候啦?
因為時間不長,所以我喜歡玩遊戲,
順便實況跟讀者聊聊天。
咚!咚!
電玩菜鳥摳摳蘿偶爾會跟我一起玩,
正好啊!讓這小傢伙看看我的厲害!
提昇我在家裡的地位哈哈哈!

格鬥遊戲。
35
K.O
睫毛輸了！
太嫩啦睫毛！
摳摳蘿完全
看不出來是新手！
動作遊戲。
這關都是
摳摳蘿過的！
睫毛到底在
幹嘛啊啊！！
音樂節奏遊戲。
一定是音癡！！
摳摳蘿太強啦！！
差一點就P掉了！
睫毛音痴音痴音痴！
睫毛在家裡的地位，
崩落。
讀者也有稱讚你啊，不信我們測試看看。
摳摳蘿過關時。
摳摳蘿太神啦!!!
女王神威!!!
睫毛過關時。
賽到的啦。
………
………
(無人回應)
睫毛，下班的小休閒，
鴨梨更大了。
PS4

有讀者會說：
睫毛你開始當實況主啦？
這就叫多元發展。
畢竟我還這麼年輕哈哈哈哈哈！
其實單純只是興趣啦。
想試試除了畫畫外的其他興趣。
明明已經●歲了。
啊啊啊啊啊！
你什麼都沒聽到！
偶爾跟大家聊聊天，
有興趣的話，歡迎到Kokodoki Channel找睫毛跟摳摳蘿玩耍。
Hello !
www.twitch.tv/doki2015ex
KokoDoki Channel

聊聊天外，拜摳摳蘑所賜，
我也喜歡上了拍照。
到現在也已經快滿一年，
快門按了一萬七千多次。
拜這所賜，假日開始會出去「晒太陽」。
這真是把室內宅趕到戶外的一個好興趣。
但回家吹冷氣也不錯。
同意。
但本質還是阿宅。
摳摳蘑的外拍衣服幾乎都是手作，
所以房間會有人台也是很正常的事情。
上面插滿了固定用大頭針。
我都叫它……
毛利小五郎！

睫毛子無慘
S開発三昧
番外篇！《負債魔王》內幕紀實！②

行李箱
在這本書出版前的端午假期，我回老家一趟。
那是幾乎不下雨、酷熱的臺南安平，
我渴望著趕快回到家，邊跟北極熊說對不起……
ON
邊把冷氣打開！

結果它壞了。
35°

壞掉了呢，吹出來的風都是熱的。
現在幾度？
35℃？
也還好啦，應該不難睡。
臺南人的耐熱能力到底有多強啦？
忍耐一下吧！
明明自己也是臺南人。
冷氣師傅最快也要明天才能來，死心吧。
睡覺睡覺！
……你們就放我一個人對抗這個殘酷的連續假期（趕稿日）。
可惡，明天早上五點半要起床趕稿！
今天一定要想辦法讓自己睡著！
睡啊！睡啊！快睡啊！
現在時間，四點半。

自己睡
行前努力！
其一！
斷
沖澡！
然
出
感受一陣清涼！
效果：兩分鐘。
讓自己睡著的
行前努力！
其二！
把冰塊倒在
地板上！
睡在上面！
我是天才！
效果：五分鐘。

讓自己睡著的行前努力！
其三！
這個往腦袋敲下去，
一下就能睡著呢，呵呵呵……
最後我還是求助了網路。
吹電扇啊？
心靜自然涼
裸體有什麼不對？
去睡網咖吧，臺南有那種無菸的喔。
那我回老家幹嘛？
最後我在約清晨六點才昏厥過去。
然後我睡到十二點才被熱醒。耶嘿★
稿子呢？

沒錯，這本書就是在滿懷我青春汗水的環境下製作出來的！
你們一定能在這本書上面感受到我滿滿的熱情吧？
HAAAA!!!
HAAAA!!!
買愈多本可以感受愈濃烈喔！哈哈哈哈哈哈！
銷售量

預告
勇者試驗正式開始！
除了同伴，赫露將遇到更多敵人與激鬥！
2016.1月 Coming soon

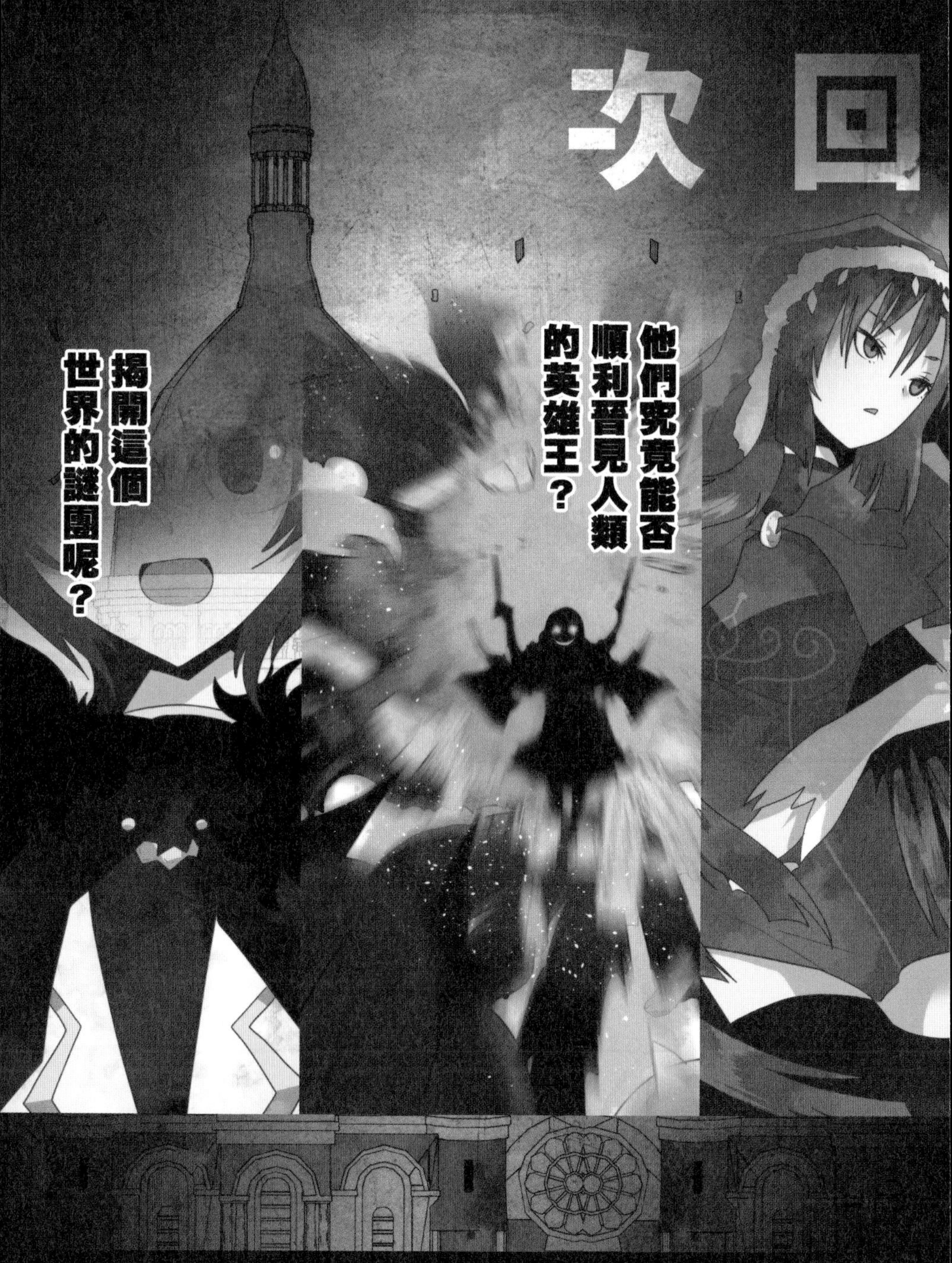
次回
他們究竟能否順利晉見人類的英雄王？
揭開這個世界的謎團呢？

負債魔王Devil Game ③

FUN系列013

負債魔王 Devil Game 2

作　者—睫　毛
主　編—陳信宏
責任編輯—王瓊苹
責任企畫—曾睦涵
編排設計—YunLong kil-ran@yahoo.com.tw
封面完稿—果實文化設計 fruitbook@gmail.com
內頁完稿—執筆者企業社
董 事 長
總 經 理—趙政岷
總 編 輯—李采洪
出 版 者—時報文化出版企業股份有限公司
10803 臺北市和平西路三段二四〇號三樓
發行專線—（〇二）二三〇六六八四二
讀者服務專線—〇八〇〇二三一七〇五・（〇二）二三〇四七一〇三
讀者服務傳真—（〇二）二三〇四六八五八
郵撥—一九三四四七二四 時報文化出版公司
信箱—台北郵政七九至九九信箱
時報悅讀網—http://www.readingtimes.com.tw
電子郵件信箱—newlife@readingtimes.com.tw
時報出版愛讀者粉絲團—http://www.facebook.com/readingtimes.2
法律顧問—理律法律事務所 陳長文律師、李念祖律師
印　刷—詠豐印刷有限公司
初版一刷—二〇一五年七月十七日
定　價—新臺幣二六〇元

國家圖書館出版品預行編目資料

負債魔王 2／睫毛 著
初版. -- 臺北市 : 時報文化, 2015.07
冊； 公分. -- (Fun系列 ; 13)
ISBN 978-957-13-6314-1(第2冊 : 平裝)

859.6　　103027259

ISBN 978-957-13-6314-1
Printed in Taiwan

《負債魔王》（睫毛/著）之內容同步於 comico 線上連載。
comico（www.comico.com.tw）©睫毛 / PlayArt Taiwan Corp.

Devil Game Devil Game Devil Gam

evil Game Devil Game Devil Game

Devil Game Devil Game Devil Gam

evil Game Devil Game Devil Game

Devil Game Devil Game Devil Gam

evil Game Devil Game Devil Game

Devil Game Devil Game Devil Gam

evil Game Devil Game Devil Game

Devil Game Devil Game Devil Gam

evil Game Devil Game Devil Game

Devil Game Devil Game Devil Gam

evil Game Devil Game Devil Game

Devil Game Devil Game Devil Gam

evil Game Devil Game Devil Game

Devil Game Devil Game Devil Gam

Devil Game Devil Game Devil Game
evil Game Devil Game Devil Game
Devil Game Devil Game Devil Game
evil Game Devil Game Devil Game
Devil Game Devil Game Devil Game
evil Game Devil Game Devil Game
Devil Game Devil Game Devil Game
evil Game Devil Game Devil Game
Devil Game Devil Game Devil Game
evil Game Devil Game Devil Game
Devil Game Devil Game Devil Game
evil Game Devil Game Devil Game
Devil Game Devil Game Devil Game
evil Game Devil Game Devil Game
Devil Game Devil Game Devil Game